ASTA NIELSEN IM PARADIES

GESCHICHTEN ÜBER DIE LIEBE ZUM LEBEN

ASTA NIELSEN

IM PARADIES

GESCHICHTEN ÜBER DIE LIEBE ZUM LEBEN

ILLUSTRIERT VON KAT MENSCHIK

GALIANI
BERLIN

INHALT

EIN TAG IM PARADIES

Meine Bekanntschaft mit dem Geigenbauer Herrn König verdanke ich drei Umständen: dem Frühling von Berlin, meiner Leidenschaft für Pinsel und Palette und meinem guten Freund, dem Violinisten Alfred Kindt.

Ich glaube nicht, dass es – vor der Hitlerzeit – irgendeine Stadt in der Welt gegeben hat, in der das Frühjahr eine so überwältigende Pracht von blühenden Kastanienbäumen bot wie in Berlin. Straßen, Wege und Boulevards explodierten in einer Orgie von gelb-weiß-rot blühenden Baumkronen. Wenn man aus dem Fenster sah, blickte man auf ein wogendes Meer von weiß gepuderten Blüten, und die Ufer entlang der Spree strotzten kilometerlang von Bäumen mit sprengenden Blumenballons, die auch über die Böschungen hingen und deren unterste Blumen auf dem schwarzen Wasser leuchtend schwammen. Wie habe ich diese Stadt geliebt!

Nun sollte man annehmen, dass es ganz einfach wäre, bei dieser alles überwältigenden Pracht einen einzigen blühenden Zweig zu ergattern. Ich war nämlich erfüllt von der eitlen Hoffnung, einen solch blühenden Zweig auf der Leinwand festzuhalten. Aber weder von der Erde aus noch aus der Luft wollte es mir gelingen, einen dieser Kastanienzweige zu ergattern, ohne mich in Lebensgefahr zu begeben oder mit der Polizei Bekanntschaft zu machen.

Doch wozu gibt es Helfer? Mein Freund Alfred Kindt nahm es in naiver Waghalsigkeit auf sich, mich in meinen Bemühungen selbstlos zu unterstützen. So schwebte er eine halbe Nacht lang zwischen dem sicheren Tod und dem kalten Wasser der Spree, immer auf der Flucht vor den wachsamen Augen der Polizei, aber ohne jegliches Resultat. Auch sein Versuch, an einem Fensterkreuz hängend, sich mit einem Lasso eines Zweiges aus dem Nachbargarten zu bemächtigen, ging schief. Darum wollte er bei Nacht und Nebel in den Stadtparks räubern, aber auch dies endete ergebnislos, denn es kann leicht zu Gewalttätigkeiten führen, wenn man liebende Paare auf einer Gartenbank stört. Zu diesem Zeitpunkt trat Herr König in unser Leben. Kindt, dessen Dasein gerade erfüllt war von dem Gedanken an eine neue Geige, eigens für ihn geschaffen von Königs berühmten Händen – er trug den Titel »der deutsche Stradivari« –, suchte täglich Meister König in seiner Werkstatt auf, um der Entstehung des neuen Wunders beizuwohnen. Diese Besuche erstreckten sich in der Regel über Stunden, wobei es

vorkam, dass ihm unbedacht auch ein Satz entschlüpfte, der die Musik nicht tangierte. So erzählte er von der Jagd nach den Kastanienzweigen. Neben all den hervorragenden Eigenschaften, die das Geigenbauen erfordert, war König mit einem begnadeten Mitgefühl für seine Nächsten ausgestattet, und so sagte er mit großem Entgegenkommen: »In acht Tagen steht mein Kastanienbaum in voller Pracht. Sowohl meine Frau wie auch ich würden uns glücklich schätzen, wenn Frau Nielsen und Sie uns in unserer Villa in Blankendorf besuchen würden.«

So kam es, dass Kindt und ich uns eine Woche darauf in Königs Werkstatt einfanden, nachmittags gegen drei, um, wie verabredet, zu seiner Villa zu fahren und dort den Zauber des Frühlings – und also auch den des Kastanienbaums – zu erleben.

Zum ersten Mal betrat ich tatsächlich Herrn Königs Domäne, aber theoretisch war ich bis zur Bewusstlosigkeit in die Materie eingeweiht. Kindt hatte mir ausführlich die Treffen mit König beschrieben, dessen tiefgehende technische Analysen, seine philosophischen Betrachtungen über »atomstreifende Spannungen« und darüber, dass es geradezu ein Kinderspiel sein müsste, sämtliche Länder der Erde zu »einer Welt« zusammenzuschweißen – gemessen an dem Unternehmen, eine Geige zu bauen. Und ich gestehe freimütig, dass auch der eingefleischteste Zweifler vor Königs Arbeitstisch im Glauben an die Entstehung der Welt wankend werden musste, wenn er diese Unzahl von millimeterdünnen Mahagonisplittern, die überall herumlagen, vor sich sah. Wie sollte daraus jemals eine moiréflimmernde, mahagonistrahlende Geige entstehen, deren Resonanzbögen Töne erzeugten, die voller Süße die Erde umschlingen würden?

Sogar der schmächtige, vogelartige König wurde hier, vor seiner Arbeit, größer, und unsere Ankunft führte keineswegs dazu, dass er innehielt. Ganz im Gegenteil! Wie durch ein geheimes Einverständnis verlor sich nun auch Kindt über Königs langsam arbeitenden nikotinfarbenen Händen mit den Mahagonisplittern in intensiven Gedankenreisen. Niemals wieder habe ich ein so totales Versinken der Umgebung erlebt, nicht einmal im Todesaugenblick einer Kameliendame. Dieser Zustand hielt sich mehr als eineinhalb Stunden, und so hatte ich reichlich Gelegenheit, Betrachtungen über Königs Metier anzustellen. Ich muss zugeben, dass dies wirklich den ganzen Mann verlangte. Er war im Besitz einer morgenländischen Geduld, einer überirdischen Liebe zu dem Beruf und einer totalen Gleichgültigkeit gegen alle materiellen Vorteile, die andere Sterbliche für geleistete Arbeit erwarten. Zugleich war er Künstler und Handwerker, technisch vollkommen und doch beseelt vom Glauben an Wunder. Später sollte ich erfahren, dass König mit einer großen Liebenswürdigkeit gesegnet war, mit Zufriedenheit und einem abgrundtiefen Verständnismangel für die einfachen Formen des Daseins.

Als der Meister die Umwelt endlich wieder registrierte, war eine lange Zeit vergangen. Es war spät geworden, und so ging es nun in rasantem Tempo die sonnendurchglühte Hardenbergstraße entlang zum Bahnhof Zoo. In letzter Sekunde konnten wir uns auf die Holzbänke der 3. Klasse des Fünf-Uhr-Zuges werfen, die so heiß waren, dass man befürchten musste, die Kleider könnten Feuer fangen. König strahlte genauso wie die Sonne draußen, trocknete seinen Schweiß auf der Stirn und zeigte auf seine Aktentasche, die er neben sich in die Sonne gelegt hatte. »Was glauben Sie, was da drin ist?«, fragte er verschmitzt. Doch wie sollten wir das erraten?

»Mosel – vornehmer Mosel, zu einer Mark zwanzig – bei Gräber gibt's den schon ab 80 Pfennig, aber wenn die gnädige Frau uns die Ehre gibt ...« Er lächelte mich überglücklich von der gegenüberliegenden Holzbank an.

»Sie sollten ihn aber in den Schatten legen«, schlug ich in Gedanken an das zu erwartende Abendessen vor, zu dem ein Glas kalter Mosel uns nach der Hitze sicher guttun würde.

»Aber ja«, antwortete er und stellte die Aktentasche freundlich lächelnd zwischen seine Füße. Dann begann er, sich mit Kindt zu unterhalten, über seinen kürzlich verstorbenen ehemaligen Chef und Lehrmeister, einen Freimaurer, der nach Königs Auffassung vor lauter Gram darüber gestorben war, dass Göring ein kostbares, sehr großes Bild von der Loge gestohlen hatte. Nach einer guten Stunde Fahrt verließen wir den überfüllten Zug und standen in unerträglicher Hitze als Einzige auf dem Bahnhof Blankendorf.

»So, und jetzt machen wir noch einen kurzen Spaziergang«, sagte König recht aufgeräumt und führte uns durch ein Gebäude, welches den Bahnhof darstellen sollte, zur Landstraße, gesäumt von ärmlichen Häusern rechts und links, mit kleinen sandigen Gärten hinter Bretterzäunen. Nachdem wir diese hinter uns gelassen hatten, fanden wir uns plötzlich in der Wüste wieder. Eine sandige, von der Sonne aufgeheizte Landstraße streckte sich unversöhnlich vor uns aus, so weit der Blick reichte, beiderseitig flankiert von gelben, verbrannten Stoppelfeldern, auf denen nicht einmal ein Löwenzahn gedeihen konnte. Kein Busch, geschweige denn ein Baum, hatte sich in diese öde Landschaft hineinverirrt, die sich, begrenzt von einem messerscharfen Horizont, in der glühenden Sonne ausbreitete. Die Straße sah aus, als würde sie direkt in den Hades führen, doch König flitzte vergnügt vor uns her, und wir sahen uns hinter seinem Rücken verstohlen an und rackerten uns mühselig ab.

»Wie wäre es, wenn wir uns bemühen würden, einen Wagen zu bekommen?«, schlug Kindt vorsichtig vor.

»Unmöglich«, gab König zurück, »und wozu auch? Gibt es etwas Schöneres, als so richtig den Großstadtstaub abzuschütteln?« Kindt und ich schauten rückwärts, wo sich riesige Staubwolken hinter uns auftürmten, als wären wir drei wie ein Lastwagen schnell dem Feierabend entgegengefahren. Noch immer hüpfte König vergnügt dahin wie eine Lerche, während Kindt und ich uns mühten und nicht die geringsten Veränderungen der Landschaft vor uns erkennen konnten. Je mehr Kilometer wir hinter uns brachten, desto höher stieg das Glück in Königs Brust, sodass er plötzlich stehen blieb, um über die Stoppelfelder zu schauen, und mit dem Arm, der nicht mit dem Moselwein beschäftigt war, umarmte er die ganze Landschaft in einer so königlichen Geste, dass sogar Cäsar ihn beneidet hätte.

»Ist das hier nicht himmlisch? Ich frage euch«, seine Augen strahlten wie ein Geigentorso. Kindt nutzte die Pause, um seinen Hut abzunehmen und Stirn und

Schweißband – und das war sehr notwendig – abzutrocknen. »Himmlisch«, sagte er, »vom Himmel mehr als genug. Aber wo wohnen Sie nun eigentlich?« Kindt sah aus, als ob er gleich sterben würde.

»Mein Lieber, bleiben Sie gespannt. Nur ein bisschen Geduld noch, und wir sind da. Wenn Sie diese Strecke wie ich zweimal täglich zurücklegen würden, bestände für Sie die berechtigte Hoffnung auf eine Körperfigur wie die meine.« Er stieß Kindt mit seiner Aktentasche leicht in die Magengegend und lachte herzlich über seinen Scherz.

Kindt schwieg und sah keineswegs so aus, als hätte er den Wunsch, König ähnlich zu werden, was ihm wohl niemand verdenken konnte. Aber er liebte König und war ihm durch die Geige, mit der König buchstäblich schwanger ging, innigst verbunden. Also wanderten wir weiter in der Bullenhitze und dem Staub, ich in hochhackigen Sandalen, in welchen sich mittlerweile so viele Steinchen und so viel Sand versammelt hatten, dass die Herren sie immer wieder leeren mussten, während ich am Rand des Stoppelfeldes saß und die Strümpfe in den Staub streckte. Dann musste ich mich wieder aufrappeln, und es ging weiter.

Meine Gedanken verkümmerten langsam, ich versuchte, mich an einen kürzlich gelesenen Roman zu erinnern, in welchem einige zum Tode Verurteilte den schweren Weg zum Galgen gehen mussten. Aber ich war bereits sehr verzweifelt; ich – glaube, ich hätte tatsächlich den Anblick eines solchen Galgens am Horizont mit Jubel begrüßt – ich wollte nur Ruhe und sei es an einem Strick aufgehängt.

Endlich hielt König an und sagte mit großer Geste: »Nun sehen Sie selbst, so schlimm war es gar nicht.«

Wir folgten mit den Blicken seiner Hand, die auf einige traurige Kiefernstämme in weiter Ferne wies, von denen es in der sandigen Umgebung so viele gibt. Wenn man zwischen ihnen hindurchgeht, so hat man unweigerlich das Gefühl, sich auf dem Boden einer ausgedienten Zahnbürste zu bewegen. Aber hier in dieser Landschaft und zu dieser Stunde, die uns vorkam, als könnte es unsere letzte sein, winkten sie verheißungsvoll wie der Garten Eden. Und als wir sie dann endlich erreichten, bat König uns herein, wie Pan es getan haben muss, als er die Nymphen anlockte; mangels einer Flöte legte König einen Finger geheimnisvoll auf die Lippen und mahnte uns zum Schweigen. »Es ist eine Überraschung für meine Frau, dass Sie mitkommen«, flüsterte er mit einer Art Weihnachtsstimmung in seinem Mienenspiel. Ich aber dachte mit Entsetzen an die arme Hausfrau, die nun statt einem drei hungrige Esser zum Abendessen an-

kommen sah, wovon zumindest zwei einen Wolfshunger hatten und fast verdurstet waren.

König bewegte sich auf Zehenspitzen über den Zahnbürstenboden Richtung Wäscheleine. Als er vorsichtig die aufgehängten nassen Sachen beiseiteschob, ertönte erst ein gellender Schrei, dann sah man eine splitterfasernackte Frau, begleitet von einem ebenso nackten kleinen Jungen, in die Richtung von Herrn Königs vermuteter Villa davonrennen.

Er aber blickte erst entzückt umher, und dann sah er uns an: »Na, was sagen Sie nun? Ist es nicht ein Segen, sein eigener Herr zu sein?«

Wir sagten nichts, und das war auch das Beste, denn Kindt und ich besitzen beide einen wahrheitsliebenden Charakter. Erschöpft ließen wir uns auf zwei hölzernen Gartenbänken nieder, an deren Seiten ein Dornengestrüpp wuchs, das sich vermutlich im Laufe der Jahre zu einer Gartenlaube entwickeln sollte.

Dann erschien Frau König wieder, die ihre Körperpracht eiligst in eine geblümte Hülle verpackt hatte, anstelle der Schuhe trug sie nur schwarzen Sand an den Füßen. Sie empfing uns mit derselben Liebenswürdigkeit, die auch ihren Mann auszeichnete. Wir atmeten auf. Vermutlich würde sich das Abendessen als reichlich herausstellen und auch andere Tugenden besitzen, denn

die sonst üblichen Redewendungen wie »nehmen Sie bitte vorlieb« oder »unsere bescheidene Mahlzeit« kamen nicht über ihre Lippen. Sie äußerte überhaupt keine hausfraulichen Formalitäten, und das hielten wir leichtsinnigerweise für vielversprechend.

Unter heftigem Lachen und kleinen Hüpfern verschwand sie im Haus, und bald zog ein balsamischer Duft aus der Küche in unsere verstaubten Nasenlöcher. König hatte den Mosel erneut in die Sonne gelegt, doch nachdem Kindt wieder zu Kräften gekommen war, forderte er ihn mit Nachdruck auf, die Flasche unter ein tropfendes Wasserrohr zu stellen, welches unmotiviert aus dem Haus herausragte. »So, und wie gefällt es Ihnen?« König sah mit Besitzermiene auf sein Haus. »Alles selber gebaut.«

Diese Auskunft war reichlich überflüssig, denn nur ein flüchtiger Blick hätte keinen Zweifel daran gelassen. Die Hütte war aus schwarzen, ungehobelten Brettern zusammengeflickt, es gab jedoch ein paar Fenster, und über der Tür stand in weißen Buchstaben schlicht »Das Paradies«. König wollte uns auch sofort in die inneren Geheimnisse des Hauses einweisen, ich bat aber darum, wegen meiner grenzenlosen Müdigkeit damit bis nach dem Essen warten zu dürfen, womit er engelhaft einverstanden war.

Während Frau König nun mit Töpfen und Geschirr in

der Küche hantierte, durfte ich mir den »Garten« ansehen. Dieser bestand aus einem Stück versenktem Rasen, sandiger Erde, aus der zwar ein paar Gänseblümchen und einige Stiefmütterchen ragten, aber in der Sonne bereits umgesunken waren. Mitten auf dem Rasen prangte ein leeres Metallbett, dessen Stahldrähte sich abwechselnd in Spiralen nach oben ringelten oder an der Erde entlangschleiften – einem verwundeten Pferd in einer Stierkampfarena nicht unähnlich. Auch der Sohn des Hauses tauchte wieder auf, mit nichts anderem als einem Unterhemd bekleidet, was mich überraschte, denn üblicherweise ist ja die untere Hälfte verhüllt.

»Tag, liebes Karlchen«, sagte König, »und jetzt sagst du schön guten Tag zu unserem berühmten Filmstar und dem Herrn Geigenvirtuosen.« Karlchen streckte uns eine schwarze Hand entgegen. Er stand mit dem Rücken an seinen Vater gelehnt und glotzte mich prüfend an, als suche er vergeblich nach einem Star.

Man klärte uns auf, dass Karlchen neun Jahre alt war, er wirkte aber bedeutend entwickelter und besaß leider nichts von dem gewinnenden Wesen seiner Eltern. Er hatte zwar irgendwie Ähnlichkeit mit den beiden, war aber weder Fisch noch Fleisch, was mich verwunderte, denn schließlich hatte der Vater eine markante Ähnlichkeit mit einem Sperling, die Mutter mit einem Seehasen aufzuweisen. Aber sonst störte er nicht weiter, außer mit dem, womit ihn die Natur nun einmal ausgestattet hatte, und meine Gedanken gingen wieder in Richtung Kunst, und mein Blick schweifte von Karlchen ab in den wie staubgesaugten baumlosen Garten.

»Wo ist denn nun eigentlich Ihr Kastanienbaum?«, fragte ich. »Dort«, antwortete der König und zeigte auf einen meterhohen, fingerdicken Stamm mit einem einzigen Zweig, von dem ein paar Blätter herunterhingen wie schlafende Fledermäuse. »Ja«, fügte er hinzu, »Blumen haben wir leider noch keine. Dabei sah der Baum so vielversprechend aus. Aber nächstes Jahr, wenn Sie uns wieder besuchen, dann, das schwöre ich Ihnen, haben wir einen veritablen Blütenflor für Sie.«

In diesem Augenblick erschien Frau König, in den Händen einen einzigen Teller mit herrlich duftenden Zwiebelsteaks und einem Berg prachtvoller Kartoffeln. Sie stellte alles auf den Tisch, direkt vor ihren Mann, der sich sofort darauf stürzte. Sie setzte sich daneben und verfolgte mit bewundernden Blicken den Appetit ihres Gatten. Ich wagte den Mund nicht zu öffnen, denn das Wasser lief mir zusammen, während ich König um jeden Bissen, den er fressgierig zu sich nahm, beneidete. Kindt, der wohl ebenso durstig war wie ich, fragte zaghaft, ob König keinen Wein zum Essen trinken würde.

»Ne, ne«, sagte dieser und schwang sein Messer. »Den trinken wir heute Abend.« – »Vielleicht dürfen wir dann um ein Glas Wasser bitten?«, äußerte Kindt mit großer Selbstbeherrschung. »Mein Gott, Sie haben Durst«, Frau König sah ganz unglücklich aus. Bereitwillig lief sie ins Haus und kam gleich darauf mit zwei Gläsern lauwarmem Leitungswasser zurück. Dazu präsentierte sie einen tiefen Teller mit herrlicher Grütze, dazu eine Kanne Sahne, und nachdem ihr Angetrauter auch dies in sich hineingeschaufelt hatte, rieb er sich vergnügt die Hände und sah seine Frau an.

»Sicher hast du, weil heute Sonnabend ist, einen Kuchen gebacken?«

»Aber ja doch«, antwortete Karolinchen. »Doch der war ja eigentlich für morgen gedacht.«

»Ne, ne, meine Kleine, den essen wir heute. Und unsere Gäste trinken sicher auch eine Tasse Kaffee mit uns.«

»Aber vorher machen wir doch noch einen Spaziergang«, schlug sein Karolinchen vor.

»Ich bestimmt nicht«, sagte ich vielleicht etwas unfreundlicher im Ton, als ich eigentlich wollte. Kindt sah mich ziemlich beunruhigt an. Die gute Frau König rannte eiligst ins Haus, und bald standen wirklich vier Kaffeetassen vor uns, eine Kaffeekanne und eine Platte mit sechs Stück selbst gebackenem Streuselkuchen. Mit hungrigen Augen überschlug ich schnell: zwei Stück für jeden Gast und je ein Stück für die Wirtsleute – aber ich hatte nicht mit Karlchen kalkuliert. Dieser hatte inzwischen von zwei gleichaltrigen Mädchen Besuch bekommen, und er näherte sich samt Begleitung in seiner nudistischen Pracht dem Tisch.

Das freigebige Karolinchen überlegte nicht lange und überreichte dem Dreigespann zwei der Kuchenstücke zum Teilen. Beim Anblick der Mädchen ahnte ich menschliches Leben in der Nähe und gab der Hoffnung Ausdruck, für die Heimreise einen Wagen zu bekommen.

König zeigte auf einen Müllkasten: »Raten Sie, was das ist. Was glauben Sie?«

Ohne Hintergedanken antwortete ich: »Ein Müllkasten.«

König lachte, dass ihm der Kaffee aus Nase und Mund kam, und Karolinchen gab ein böses Gekreische von sich.

»Müllkasten«, er schlug sich auf die Schenkel. »Das ist der einzige Wagen in der Gegend. Das ist unser Auto. Momentan ist er leider nicht in Funktion, aber wie viel Freude haben wir nicht an diesem Wagen gehabt, stimmt's, Karolinchen?«

»Weiß Gott ja, und nicht zu vergessen, alles selber gebastelt, jedes Stück, aber natürlich, ab und an hat man uns, wo immer wir hinkamen, ein bisschen ausgelacht.«

»Ja – man«, sagte König geringschätzend. »Manchmal spürte ich, dass Karolinchen sich etwas schämte, wenn wir durch Rostock fuhren. Aber bis Rostock sind wir immerhin gekommen.« – »Aber nicht zurück«, Karolinchen lachte laut.

»Na ja, vielleicht war die Rückreise nicht so sehr gelungen, aber wir sind doch ziemlich weit herumgekommen, ehe die Rückwand sich löste. Karolinchen wäre fast hinausgefallen, ich dagegen konnte mich während der ganzen Fahrt am Steuer festhalten.«

»Wir haben aber auch einige Teile verloren«, Frau König amüsierte sich königlich.

»Aber, meine Liebe, Kleinigkeiten. Dann, zugegeben, kam die Geschichte mit dem Vorderrad. Irgendwie lag es plötzlich im Straßengraben. Meine Arme musste vier Stunden lang am Wegesrand auf den Wagen aufpassen, während ich einen Mechaniker besorgte, der aber leider auch nicht helfen konnte. So mussten wir den Wagen abschleppen lassen. Aber sobald ich Zeit habe, bringe ich ihn wieder in Ordnung. Wir wollen ja schließlich mal nach Leipzig, Karolinchen möchte zu gern zur Leipziger Messe.«

Der Kaffee war getrunken, und König schlug wieder

einen Rundgang im Haus vor. Es hatte nur einen einzigen Raum, der fast von einem riesigen Doppelbett ausgefüllt war, dahinter stand ein Wandschirm und hinter diesem Karlchens Bett. Über dem Bett hing Bismarck in Öl und als Pendant Beethoven als Steindruck, dann folgten Mozart in einem geschnitzten Rahmen aus Sperrholz und viele Ausschnitte aus illustrierten Blättern, die alle die Großen der Musikwelt zeigten. Das Panorama wurde ergänzt durch gerahmte Fotos der aktuellen Musikgenies, auf einem kleinen Naturholztisch mit Fransen. Alle mit Widmungen für den verdienstvollen Geigenbauer. »Ja«, sagte König, »in einer solchen Umgebung ist das Leben wert, gelebt zu werden. Ist es nicht sonderbar: Man trägt den Namen König, und das Leben formt sich königlich für einen. Die größten Musiker der Welt scharen sich um mich. Der erste Blick frühmorgens begegnet Beethovens Antlitz – und natürlich Karolinchen –, und der letzte Blick vor dem Einschlafen wird von diesem Genie bestimmt.«

»Und von mir«, ergänzte Karolinchen, wobei ich zugeben muss, dass auch ein Seehase einen gewissen Liebreiz besitzen kann.

Als wir wieder im Garten saßen, kam endlich der Moselwein auf den Tisch. Dieser war lauwarm und sauer, und ich hatte vor Hunger und Müdigkeit bereits Kopfschmerzen. So schlug König mir ein kleines Nickerchen vor, ein Angebot, das ich mit großer Dankbarkeit akzeptierte – woraufhin er mich zum Eisenbett auf den Rasen führte. Da ich aber keine Fakirfähigkeiten besitze, bat ich um eine Unterlage, irgendeine Decke, und auf dieser schlief ich dann ein – mitten im Paradiesgarten.

Nachdem ich mich so ziemlich lange erfrischt hatte, zwang mich der Gedanke an die bevorstehende Heimreise, Frau König eine intime Frage zuzuflüstern. Merkwürdigerweise ist es so, dass ein solches Gespräch immer und von allen Anwesenden trotz des geheimnisvollen Tons oder vielleicht gerade deswegen verstanden wird. Wie auch immer, König bat seine Frau, die uns auch zum Bahnhof begleiten wollte, im Haus geeignete Kleidung zu holen. Er wollte die Führung übernehmen, und das hieß chevaleresk: »Hier geht es runter, gnädige Frau.«

Dann führte er mich am Haus entlang, unterwegs griff er zu meiner Verwunderung nach einem Teppichklopfer. Hinter dem Haus befand sich ein offener Platz in Richtung der Kiefernbäume. Mitten auf dem Platz ragten vier dünne Pfähle einen guten halben Meter in die Höhe, oben durch vier Bretter zusammengehalten. Dieser frappierende Aufbau ähnelte einem selbst gebastelten Laufgitter, es war aber, anscheinend, der Ort, den ich suchte, denn König machte eine einladende Geste in diese Richtung. Dann stellte er sich in unmittelbare Nähe des Laufgitters, gestützt auf den Teppichklopfer, und sah mich fragend an und ich ihn.

»Hier ist es«, sagte er freundlich, »ich muss aber hier stehen bleiben, um die Ratten zu verjagen. Sie können am Abend schon recht anmaßend werden.« »Ich bitte Sie«, sagte ich flehentlich, »entfernen Sie sich.«

»Mein Gott, wir sind doch erwachsene Leute«, war seine Antwort, »und die Ratten«, er schüttelte den Teppichklopfer. »Entfernen Sie sich etwas – oder wir gehen beide zurück.«

»Gut, gut, ich stelle mich dorthin.« Er entfernte sich etwa fünf bis sechs Meter, blieb beim Haus stehen. Dann rief er über die Schulter hinweg: »So ist es, der Mosel hat's in sich.«

Mein Verhältnis zum Laufgitter löste offenbar in ihm eine Reihe von Gedankenassoziationen aus, denn er setzte hemmungslos fort: »Da fällt mir ein, wir machten einmal einen Ausflug, wir hatten gerade die Pferde ausgespannt, als eines der Pferde ...«, er unterbrach sich selbst. »Da kommt ja mein Freund Kindt«, rief er mordsvergnügt. »Halten Sie ihn zurück«, rief ich, »und dies umgehend.«

»Aber vielleicht muss er ...«

»Sie stoppen ihn«, schrie ich außer mir.

»Ja, ja, ja«, beruhigte mich König und eilte Kindt entgegen. Ich hörte sein Parlamentieren und dass die Schritte sich entfernten.

Als ich zurückkehrte, hatte Karolinchen gerade flache Leinenschuhe angezogen. Karlchen war behost, die Heimreise konnte also angetreten werden. Auf halber Strecke gab Karolinchen aber auf und ließ sich auf dem Stoppelfeld nieder, während König darauf insistierte, uns bis zum Bahnhof zu bringen – begleitet von Karlchen. Man verabschiedete sich, bedankte sich wechselweise, versprach wiederzukommen, während König ständig betonte, wie paradiesisch der Tag gewesen sei.

Wieder in Berlin, sanken wir halb tot vor Hunger und Müdigkeit auf Kempinskis Terrasse zusammen. Zwiebelsteaks standen leider nicht auf der Karte, deshalb verzehrten wir gierig Krebse und anschließend Kalbsschnitzel, während die ersten Walderdbeeren in den beschlagenen Bowlegläsern Haschen spielten. »Wie glücklich sie sind, diese Königs«, sagte ich. »Warum beneiden wir sie eigentlich nicht?«

»Weil Mosel nun einmal besser kalt als warm schmeckt«, war Kindts tiefsinnige Antwort, als er sein Glas hob.

Während ich zu den vielfarbigen Neonlichtern schaute, fand ich, dass der Kurfürstendamm noch nie so schön war wie heute.

»Sie sollen nichts ausdrücken. Honoré ist es, der etwas ausdrücken soll. Und in diesem Zusammenhang sind Sie eine vollkommen unbedeutende Person.«

»So, meinen Sie«, Eva stemmte die Hände in die Seiten. »Wir unbedeutenden Personen werden Sie jetzt augenblicklich verlassen. Sie sind zwei lächerliche Dilettanten, die die Frechheit hatten, uns einzuladen und mit Ihrem Blödsinn zu langweilen. Wir werden es nicht verhindern können, falls Sie sich in der Öffentlichkeit mit unserem Besuch zu rühmen gedenken. Aber wagen Sie nicht noch einmal, sich uns zu nähern.«

Damit segelte sie zur Tür hinaus, fröhlich verfolgt von uns dreien – unter dem verzweifelten Blick des armen Honoré. Nur Fyll schwebte unerreichbar und ungerührt in seinen himmlischen Höhen.

Auf dem Heimweg bekam Eva wieder Luft: »Diese verdammte Geige«, schnaufte sie. »Das war unsere erste und auch unsere letzte Reise, falls die Geige uns wieder begleiten soll.«

»Dann war es wohl eher die letzte Reise«, flüsterte mir Hermann zu. Er kannte den Freund.

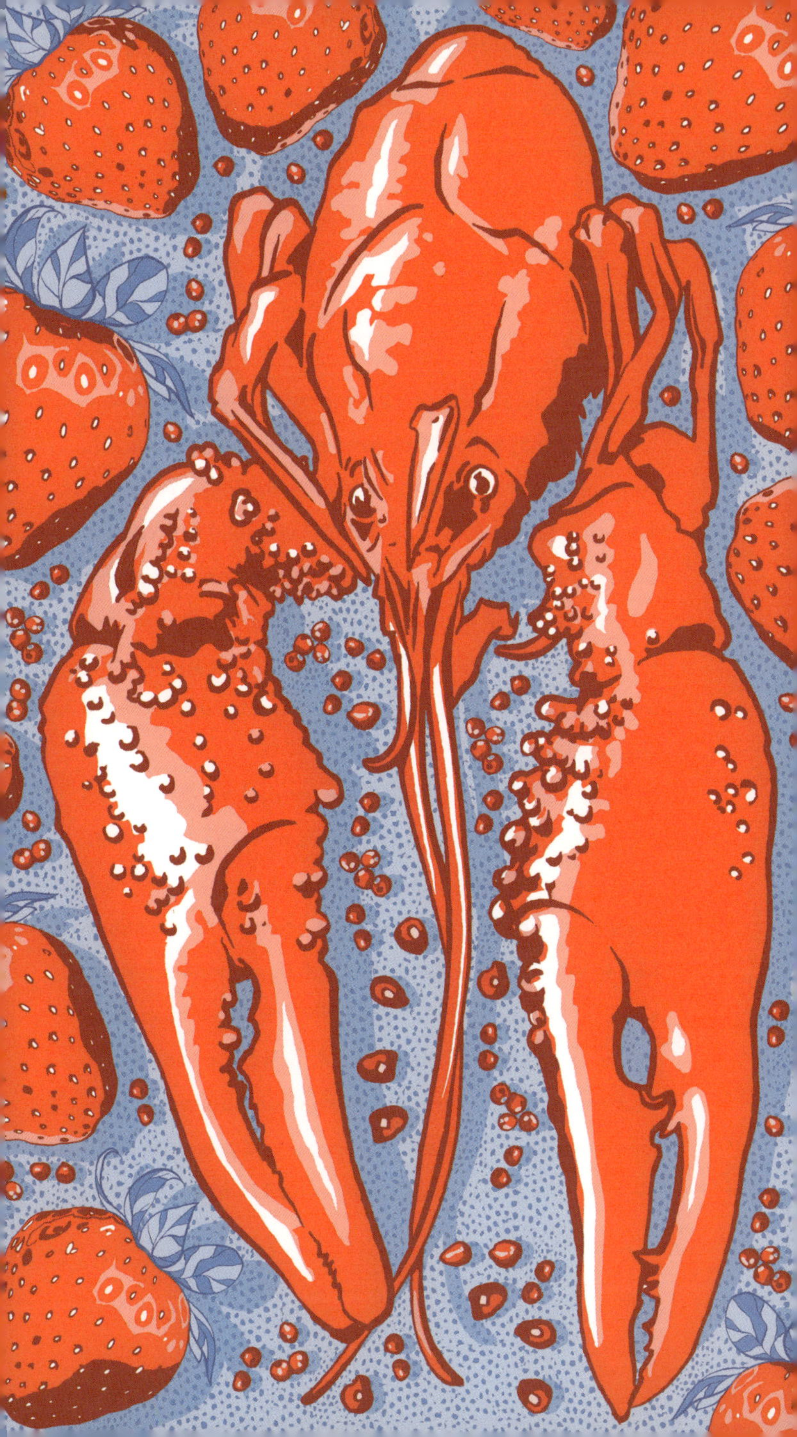

EINE ROSE IST EINE ROSE IST – NICHT IMMER – EINE ROSE

Das Schicksal hat meinen Weg immer mit großer Freigebigkeit mit Rosen bestreut. An die Spender kann ich mich, zum Teil, nicht mehr erinnern, viele von ihnen habe ich nie gekannt, alle Rosen sind längst verwelkt und vergessen. Nur eine Rose werde ich nie vergessen, diese eine wird immer einen wichtigen Platz in meinem Gedächtnis einnehmen. Vielleicht deshalb, weil ich nie glücklicher war über ein Geschenk und nie tiefer getrauert habe als über diesen Verlust.

Meine Eltern, meine Schwester und ich hatten sieben Jahre lang in Malmö gelebt. Dann wurden wir durch die Umstände gezwungen, unser Leben in unsere Heimatstadt Kopenhagen zurückzuverlegen. Doch kaum hatten wir unsere Füße wieder auf dänischen Boden gesetzt, begann eine Zeit großer Not. Monatelang gelang es meinem kranken Vater nicht, Arbeit zu finden. Meine Mutter versuchte, unser bescheidenes Leben zusammenzuhalten, so gut es eben ging, und meine damals 14-jährige Schwester Johanne erhielt schließlich eine

Anstellung in Holger Petersens Fabrik, ein Job, der ihr einen Tageslohn von einer Krone einbrachte, und das bei täglich elf Arbeitsstunden. Von diesen sechs wöchentlichen Kronen gab sie für den Haushalt fünfeinhalb Kronen an die Eltern ab, über die restlichen 50 Öre durfte sie selber verfügen. Ich war damals erst neun Jahre alt und dabei nur dazu geeignet, meine Schule zu besuchen und meine Schularbeiten zu machen. Manchmal, wenn es notwendig war, pflegte ich noch meinen kranken Vater.

Selbstredend bestanden unsere täglichen Mahlzeiten nicht aus Räucherlachs und Hammelbraten, ich kann mich aber nicht besinnen, dass wir einmal hungrig zu Bett gegangen wären. Das habe ich erst später erlebt, als Opfer auf dem Altar der Kunst, als sehr junge Schauspielerin, als ich mit einer Theatertruppe auf Skandinavientournee unterwegs war. Natürlich verfügten wir in dieser traurigen Zeit in Kopenhagen über keinerlei Reserven, um unsere Garderobe zu erneuern. Aber wir hatten in Malmö eine gute Freundin zurückgelassen, die ich heiß liebte und die ich in meinen Memoiren ›Die schweigende Muse‹ unter dem Namen Lotte gerühmt habe. Ob man sie in der üblichen Lesart eine Dame nennen kann, ist ziemlich zweifelhaft, viele würden sicher Anführungszeichen um das Wort setzen. Für uns aber war sie ein Glücksfall. Ihre Tätigkeit erforderte eine prachtvolle Garderobe, die in unseren Augen jedem Vergleich mit den Roben der amerikanischen Filmstars standhielt, soweit diese überhaupt etwas anhaben. Lotte verfolgte von Schweden aus unser kärgliches Dasein mit Wehmut, aber auch mit ihrem guten und hilfreichen Herzen. So sandte sie uns eines Tages ein großes Paket mit ihren abgelegten Kleidern über den Öresund. Das waren fast ganz neue Sachen, die unsere Mutter mit viel Geschick für uns änderte, manchmal nicht ganz zu unserer Zufriedenheit, weil unsere Mutter eben nicht die Fantasie eines Modedesigners besaß. Trotzdem verwandelten Lottes Kleider uns aus unauffälligen Spätzchen in schrille Prachtvögel. Ich wandelte unter den Freundinnen in der Schule nicht dezenter als ein Pfau, denn die meisten Schulkinder trugen damals eine Art blau gestreifter Baumwollkittel, die die Armenfürsorge den Kindern wie einen Stempel aufdrückte, deren Eltern nicht selbst für den Lebensunterhalt sorgen konnten.

Wir hatten glücklicherweise Lottes Pakete. Dem ersten folgten viele weitere, und immer wurden sie mit fast unerträglicher Neugierde geöffnet. Sie enthielten ein fantastisches Kunterbunt, das von reich bestickten Röckchen, Lackstiefeln, die niemandem von uns passten, spitzen- und schleifengeschmückten Miedern bis zu herrlichen Kleidern mit großen Moiréschleifen reichte. Dazu war alles in einen Duft von »Soir de Paris« oder »4711« getaucht. Und eines Tages schrie ich vor Freude laut auf, denn in dem Paket befand sich ein Hut, ein Kleinod aus gelbem Rosshaar, in durchsichtigen Streifen geflochten, hauchdünn wie die Flügel unserer Weihnachtsengel und wie geschaffen für meinen Kopf mit den schwarzen Zöpfen.

Natürlich hatte ich sofort nach diesem Wunder gegriffen, was mir meine Schwester sanftmütig gestattete. Kaum hatte ich ihn aufgesetzt, führte sie mich zum Spiegel, wo ich meinen – ich hegte nicht den geringsten Zweifel – sehr schönen Kopf von allen Seiten betrachtete. Ich schob den Hut in den Nacken, zog ihn dann tief über die Stirn, versuchte, ihn auch kess und schräg auf der rechten Hälfte zu platzieren, was meine Schwester aber mit dem Wort »ordinär« bedachte. Dass sie ein solches Wort überhaupt mit meinem Äußeren in Verbindung bringen konnte, hätte normalerweise Mordgedanken in mir ausgelöst. Aber in dieser Stunde der Seligkeit hatte ich nicht einmal Zeit zu zarten Protesten. Ich war so begeistert, dass ich den Einwand einfach ignorierte. Nur ein einziger Gifttropfen fiel in den Becher des Glücks: Der Hut hatte keinen Putz, er war nackt, total nackt wie ein Kind, das gerade aus dem Leib der Mutter geschlüpft ist. Einige braune Fäden auf der Krempe wiesen auf eine abge-

brochene Verbindung hin, in diesem Fall sicher auf eine Straußenfeder, die Lotte vermutlich entfernt hatte, um sie anderswo für ihre eigene Verschönerung zu verwenden. Also stellten meine Schwester und ich alle Kästen und Kartons auf den Kopf, alle Schubladen wurden aufgezogen in der Hoffnung, einen passenden Schmuck darin zu finden. Doch vergebens. Nichts eignete sich für die Ehe mit einer Sylfide. So war guter Rat teuer, im wahrsten Sinne des Wortes, denn hätte man Geld gehabt ...

»Ich hab's«, rief meine Schwester plötzlich.

»Was hast du?«, fragte ich skeptisch.

»Den Hutschmuck! Es wird klappen.«

»Was wird klappen?«, fragte ich, denn schon als Kind war ich eine Skeptikerin, eine Eigenschaft, die mein Leben lang zu niederschmetternden Resultaten führte, da ich viel zu oft recht behielt.

»Hier!«, begleitet von einem vielsagenden Blick tippte sie mit dem Finger auf ihre Stirn.

Bis zum nächsten Sonnabend, ihrem Lohntag, gelang es mir nicht, trotz kräftiger und beharrlicher Anstrengungen das Geheimnis hinter ihrer Stirn hervorzulocken. An diesem Tag aber führte ich mich so unerträglich auf, während ich auf ihre Heimkehr wartete, dass Mutter sie für ihre »alberne Heimlichtuerei« beschimpfte. Um meine Nervosität zu lindern, wurde mir sogar erlaubt, den Hut während des Essens zu tragen. Nach der Mahlzeit sollte das Geheimnis dann gelüftet werden. Johanne führte mich durch die Hauptstraße in Richtung Innenstadt. Schließlich zog sie mich in einen Galanteriewarenladen im Souterrain eines Hauses am Ende der Straße. Nicht ohne Würde in der Stimme bat sie die Verkäuferin, uns eine Auswahl von Stoffrosen vorzulegen.

Ein großer Pappkarton wurde vor uns auf dem Ladentisch geöffnet, und eine unvorstellbare Farbenpracht zeigte sich vor unseren Augen. Als Erstes ergriff ich eine große, geschlossene Rose mit weichen rostbraunen Blütenblättern, doch als wir unauffällig auf den Preiszettel sahen, der an dem grünen Stängel hing, ließ ich die Blume fallen, als hätte ich mir die Finger verbrannt. Eine Krone fünfzig – das war zu viel.

Wir suchten und verwarfen und verglichen die Preise. Die Verkäuferin ging in leichter Ungeduld bereits dazu über, andere Kunden zu bedienen, was uns natürlich nur recht war. Nach langem Suchen, vielem Hin und Her und einigem Bedenken fand meine Schwester endlich das einzig Richtige: eine voll aufgeblühte hellrosa Rose, auf einem grünen Gummistängel schwebend, umgeben von fünf steifen, grünspanfarbigen Blättern, ergänzt durch eine kleine allerliebst wippende Knospe und – o Wunder – für fünfzig Öre.

Vor lauter Glück fiel ich beim Weggehen die Stufen der Kellertreppe hinauf. Glücklicherweise trug meine Schwester die Rose, die mir süß und geheimnisvoll aus der fast durchsichtigen Papiertüte zulächelte. Natürlich hätte ich die Blume am liebsten selbst nach Hause befördert, aber erstens hatte ich einen Hang zum Fallen, und zweitens war es das Vorrecht meiner Schwester, denn schließlich hatte sie das Taschengeld einer ganzen Woche geopfert.

Zu Hause angekommen, stellte sich heraus, dass unsere Wahl schlicht als genial bezeichnet werden musste. Die Rose schwebte leicht wie ein Schmetterling auf der schmalen Krempe. Ich konnte sogar die Blume auf dem feinen Rosshaarnetz tanzen sehen, während ich den Hut auf dem Kopf trug.

Am Tag danach, dem Sonntag, sollte der Hut der Umwelt präsentiert werden. Meine Eltern hatten dafür extra einen Ausflug in den Stadtteil Frederiksberg organisiert. Dort kannten sie in einem Vergnügungspark einen Karussellbesitzer, der sie zum Kaffee einlud, wenn sie selbst einen Esskorb mitbrachten. So habe ich abends meine Hände fester als sonst gefaltet und mein Abendgebet mit der Bitte um sonniges Wetter ergänzt. Ich wurde erhört. Die Sonne lachte von einem wolkenfreien Sommerhimmel, mein angeborenes Misstrauen verführte mich jedoch dazu, im Laufe des Vormittags öfter und gänzlich unbegründet durch das Fenster nach gefährlichen Wolken zu spähen. Gegen Mittag, als die Sonne am höchsten stand und der Esskorb gepackt war, brachen wir endlich in Richtung Frederiksberg auf.

Da ich unentwegt nach oben auf meinen Hut schielte, bewegte ich mich ziemlich stolpernd vorwärts, was der Rose aber die richtige Dynamik verlieh. Unentwegt schaukelte sie und flüsterte mir durch das feine Gewebe der Krempe »schönen Sonntag« zu. Auch die kleine Rosenknospe hüpfte vergnügt auf ihrem Stängel. Das ganze Gebilde erinnerte mich an ein Pferd, das ich auf der Wiese mit seinem kleinen Fohlen beobachtet hatte. Als ich Johanne stolz diesen Vergleich mitteilte, erntete ich großes Missfallen.

»Viel zu grob«, sagte sie und hatte recht damit. Natürlich darf man nie und nimmer an etwas so Weltliches wie ein Pferd denken, wenn man etwas so Märchenhaftes auf dem Kopf trägt. Vielleicht dachte Johanne in diesem Moment aber auch an ihren leeren Geldbeutel.

Inzwischen standen wir nämlich vor den Buden mit Honigherzen und Biskuitfiguren, für nur zwei Öre pro Stück. Hätte sie mich nicht so reich beschenkt, so hätte sie für ihr Geld davon 25 Stück kaufen können oder Granatäpfel für nur eine Öre oder Luftballons in blauen und roten Farben für zehn Öre.

Dann fiel ich – wieder einmal – der Länge nach hin. Doch da ich den Kopf blitzschnell nach oben gerissen hatte, war dem Hut nichts passiert. So beeinträchtigte es auch meine Freude nicht, dass meine Mutter mich ziemlich kräftig hochriss und meine Vorderfront grob abbürstete. Je härter sie mich anfasste, umso mehr wippte die Rose und flüsterte mir zu: »Macht nichts, macht nichts, ich bin ja bei dir.«

Dann ließen wir uns an einem der Tische nieder und verzehrten unsere mitgebrachten Brote. Plötzlich betrachtete mich mein Vater verstört und sagte: »Was ist mit dem Kind los? Das schielt ja.«

»Nein, nein«, klärte ihn meine Schwester auf, »sie schaut nur auf ihre Rose.«

Meine Mutter, die immer noch mühsam den Schmutz aus den Schrammen auf meinen Händen zu entfernen versuchte, wurde ungeduldig: »Sie muss sich doch nun wirklich endlich sattgesehen haben.«

Wie habe ich sie in diesem Moment verachtet. Als ob man sich je am Glück sattsehen könnte!

Dann, gegen Abend, geschah es.

»Die Rose ist tot!«, schrie ich plötzlich.

Die starke Sonne hatte die hellrosa Farbe gebleicht, die Rose und auch die Knospe waren aschgrau. Verzweiflung zwang mich in die Knie. Verloren saß ich da und schluchzte fassungslos in meine Hände.

Wieder war es Johanne, die Verständnis für mich hatte. »Ich glaube«, sagte sie, um mich zu trösten, »dass wir sie färben können.«

Aber kein Färben sollte mir meine hellrosa Rose zurückbringen. Sie wurde davon nur grob, fahl und zu dunkel. Sie war tot. Wie ein Schmetterling hatte sie mein Leben verschönt, wie ein Schmetterling, der nur einen einzigen Tag lebt.

Die Jahre vergingen, meine Schwester war fast immer krank – ihr Herz war zu groß. Es war also kein Wunder, dass meine Gedanken oft den Tod streiften. Mit hellrosa Rosen werde ich sie zudecken, schwor ich mir, wenn ich an die Zukunft dachte und mich an ihr Geschenk erinnerte. Aber kurz ehe sie einschlief, äußerte sie, dass sie mit Veilchen verabschiedet werden wollte. Und die bekam sie. Obendrein wollte ich ihr aber eine hellrosa Rose mit auf die Reise geben. Erst dachte ich an eine künstliche Rose, die das Glück unserer Kindheit noch einmal heraufbeschwören sollte, aber eine solche konnte ich nicht finden. Endlich fand ich bei einem Blumenhändler eine herrliche hellrosa Rose. Vorsichtig hob ich das Laken in ihrem Sarg und legte die Blume auf ihre marmorkalten Füße. Und so zerfiel der Traum mit ihr zu aschgrauem Staub.

LA BOHÈME

Um es gleich vorwegzunehmen: Diese Geschichte hat nichts mit der Oper *La Bohème* zu tun, nichts mit »so kalt die kleine Hand«, nein, es geht vielmehr um Bobby Ringelke. Hier ist die Rede von Joachim Ringelnatz, eigentl.: Hans Bötticher (1883–1934) und seiner Ehefrau »Muschelkalk«, eigentl.: Leonharda (1898–1977), der in seinem Land als großer Dichter gefeiert wurde, ehe die Nazis die Macht ergriffen. Er war aber nicht nur ein genialer Schriftsteller, sondern auch ein sehr beliebter Kabarettkünstler und in einem engeren Kreis sogar als Maler anerkannt, und er galt überall und ohne Vorbehalt als richtiger Bohemien.

Er stammte aus guter Familie, was ihn aber nicht weiter bedrückte, denn niemand hätte ihm je etwas Derartiges unterstellt. Sein Vater, ein bekannter Professor in Leipzig, hatte natürlich gehofft, dass der Sohn in seine Fußspuren treten würde. Dieser Sohn jedoch wurde noch vor dem ersten Examen vom Fernweh ergriffen. Er verließ seine Studien und floh nach Hamburg, die Reisekosten

brachte er zusammen, indem er seine Bücher verkaufte. Hier suchte und fand er eine Heuer als Kartoffelschäler und Tellerwäscher und in ähnlichen Berufen, die man einem 17-jährigen Bengel aufladen kann, auf einem Frachter. Der Dampfer brachte ihn nach Buenos Aires, dort suchte er das Weite und versteckte sich bei einer Negerin, die von ihrer schwarzen Körperpracht lebte. Mit der Zeit langweilte er sich aber in ihrer Gesellschaft, das Meer rief ihn erneut, und so stand er eines Tages wieder in Hamburg, wo einige wohlmeinende Freunde und auch sein Vater umgehend einen Tabakladen für ihn einrichteten. Natürlich hätte jeder, der Bobby kannte, wissen müssen, dass ein solches Unternehmen von vornherein zum Untergang verdammt war, und bereits nach wenigen Wochen sprengte Bobby die Fesseln wieder, die ihn an den Ladentisch und die Zigarrenkisten binden sollten. Während des Tages unternahm er Ausflüge in die Hafenkneipen – bei offener Ladentür und einem Zettel auf dem Verkaufstisch: »Nehmen Sie, was Sie brauchen, und hinterlassen Sie das Geld auf dem Tisch.« Viele machten von der ersten Aufforderung reichlich Gebrauch, kaum jemand jedoch von der zweiten.

Dann zog es ihn wieder über die Weltmeere zu den schönsten Plätzen der Erde, doch sie inspirierten ihn nicht als Dichter, denn gegen Naturerlebnisse war

Bobby absolut immun. Umso gründlicher studierte er die Verhältnisse in den Seemannskneipen von Haparanda bis Rosario, und hier besang er Typen und Geschehnisse wie keiner vor ihm, übrigens auch wie keiner nach ihm.

Nach einigen Jahren des Vagabundierens gab er seinen ersten Gedichtband heraus und heiratete, zur großen Überraschung aller, ein recht bürgerliches Mädchen, das allerdings glücklicherweise weitaus nicht so artig war, wie zuerst vermutet wurde. Die Hochzeit fand in München statt, bei einer ehemaligen Freundin von Bobby, einer Kreolin. Hier umarmten sich Vergangenheit und Zukunft in weihevoller Weise mit der Gegenwart, die nach Augenzeugenberichten »schön und stilvoll« ablief. Die Neuvermählten fanden eine Dachwohnung, eine Atelierwohnung nach modernem Sprachgebrauch oder noch etwas Feineres. Das Inventar sah aus, als hätte man es auf der Versteigerung eines altmodischen, in Konkurs gegangenen Cafés gekauft, ergänzt durch allerhand Raritäten, die Bobby aus den Hafenstädten mitgebracht hatte, beispielsweise ein ausgestopftes Krokodil, das wie ein Engel unter der Decke schwebte. Bei der jungen Frau Ringelke handelte es sich um eine geborene Beinike, ein Name, der sich im Freundeskreis schnell zu »Beinchen« und später zu »Schenkel« veränderte, eine Steigerung, die dem schnellen Anwachsen ihres Formats entsprach.

Bobby und »Schenkel« lebten zu Anfang in recht miserablen pekuniären Verhältnissen, die sich auch später, als Bobbys Gedichte schon den Gipfel der Berühmtheit erreichten, nicht wesentlich änderten. Aber diese Gedichte ebneten ihm den Weg zur Bühne, dem wunderbaren Kabarett *Simplicissimus*, und hier trug er, als Matrose gekleidet, mit wehmütiger Stimme und einem Weinglas in der Hand, seine großartigen Werke vor. Künstler aller Gattungen huldigten ihm in großer Begeisterung, nur den Spießbürgern, die selbstverständlich seine Genialität nicht würdigten oder auch nur verstanden, blieb er ein Dorn im Auge. Man nahm Anstoß an seinen Texten und verachtete ihn als Alkoholiker, der er ja auch war, aber nicht nur.

Sein Weg führte über alle großen Kabarettbühnen des Landes, seine Gagen waren erheblich, verdunsteten aber in Kneipen. Wenn das Geld dann verschwunden war, besorgte er sich seinen Rausch direkt vom Tisch der Künstler und Snobs in Restaurants und in auserlesenen Weinkellern. »Schenkel« saß derweilen zu Hause in der Mansarde. Wovon sie lebte, weiß der liebe Gott, von Zeit zu Zeit haben Freunde geholfen, aber wie sie tatsächlich zurechtkam, ahnte niemand, am wenigsten wohl Bobby.

Ich lernte die beiden kennen, während Bobby in Berlin auftrat. Als einen Tag vor seinem 50. Geburtstag ein

Gastspiel von mir in München zu Ende ging, lud er mich zu dem geplanten Fest ein. Er war überaus erleichtert über meine Zusage, denn tatsächlich hatte er kurz zuvor einen berühmten Akademieprofessor kennengelernt. Dieser hatte veranlasst, dass eine angesehene Kunstgalerie ein Bild von Bobby erwarb, eine große Ehre für den Autodidakten. Natürlich wurde auch der Professor geladen, teils als Dank für die Vermittlung, aber natürlich auch, um diesen einflussreichen Mann mit zahlreichen Malerfreunden bekannt zu machen, denn Bobby war immer ein hilfreicher Freund. Und als die Zusage dieses wichtigen Mannes eintraf, verfiel selbst Bobby einen Moment in eine nicht unbegründete Nervosität.

»Du weißt«, sagte er zu mir, »Maler werden oft nach ein paar Gläsern ein bisschen undiszipliniert. Und der Alte ist ziemlich unnahbar. Da ist deine Anwesenheit ein Geschenk des Himmels. Wenn die Maler in ihrer Ausdrucksweise zu unrasiert werden, könntest du dann glätten, indem du dich um den Professor kümmerst?«

Zusätzlich hatte sich Bobby vorgenommen, seine Malerfreunde sicherheitshalber, ohne dass sie es mitbekamen, vor dem Treffen einem Lehrgang in gutem Benehmen zu unterziehen.

Unglücklicherweise setzte er diesen Lehrgang aber direkt vor der Feier an, nicht ohne einige Gläser anzubieten.

Der große Tag kam. Der Professor machte sich mir in der Diele bekannt, gemeinsam betraten wir dann das Wohnzimmer. Die beiden Maler – mehr von dieser Sorte kann man nicht unter einem Dach versammeln, da ist Vorsicht geboten – und auch Bobby waren so ausgelassen, dass zu vermuten war, dass sie den ganzen Nachmittag dem feuchtfröhlichen Lehrgang gewidmet hatten. Und als sich der Professor, dessen Namen ohnehin jeder kannte, höflich vorstellte, schlug ihm der eine jovial auf die Schulter: »Freue mich, alter Knabe.« Und ein Zucken glitt über das Gesicht des weißhaarigen Gentleman.

Insgesamt waren 21 Personen anwesend: ein Zeichner der Zeitschrift *Simplicissimus*, begleitet von einem rothaarigen, recht auffallenden weiblichen Anhängsel; der berühmte Flieger Ernst Udet; ein international bekannter Gastronom samt etwas zwielichtiger Gattin; einer, der so aussah, als wäre er jederzeit bereit, seine gefüllte Brieftasche zur Verfügung zu stellen, samt seiner in sich gekrochenen Frau, die stark unter ihm zu leiden schien; ein Jetset-Baron mit Baronin in Silberlamé von Kopf bis Fuß; die Direktorin von Bobbys Kabarett, monumental in weiße Seide gekleidet und mit einem Rosenbeet auf dem Busen; zwei äußerst bunt gekleidete Damen, die anscheinend in enger Verbindung zu den Malern standen und in äußerst gehobener Stimmung waren; ein Sattlerehepaar, bei welchem Bobby in schlechten Zeiten logiert hatte, und zum Schluss ein äußerst musikalisch wirkender Fotograf, der offensichtlich »Schenkel« zur Hand ging – heute in der Küche, normalerweise wohl auch anderenorts, was Bobby, der auch in der Ehe seine Junggesellengewohnheiten nicht abgelegt hatte, nicht störte. Die Herren trugen Smoking mit Ausnahme der Maler, die in ihren isländischen Pullovern so aussahen, als hätten sie die Pinsel gerade zur Seite gelegt – und nicht zu vergessen der Sattler, der in einem übergroßen Gehrock nahezu verschwand.

Nach ein paar enormen Drinks, die in überdimensionalen Biergläsern serviert wurden und ungewöhnlich kräftig waren, ging man zu Tisch, besser gesagt, man schwankte in seine Richtung. Flackernde Kerzen und wohlriechender Blumenschmuck empfingen die lautstarke Gesellschaft. Das Speisezimmer konnte anständigerweise zehn Personen beherbergen, heute waren wir aber 21, was dazu führte, dass wir jeweils halb auf dem Stuhl und halb auf dem Schoß des Nachbarn saßen. Bobby und ich hatten am oberen Ende des Tisches halb auf dem Fensterbrett Platz genommen, am anderen Tischende sah ich den Professor, weiß und aufrecht, neben »Schenkel« eingeklemmt zwischen dem Tisch und der schmalen Küchentür, durch welche das Essen erscheinen sollte. An seiner anderen Seite, besser: Auf seinem Schoß, saß die vollschlanke Kabarettdirektorin, und alle Hochachtung für den seltenen Gast war in Spiritus und Frauen versackt.

Vermutlich war ich die Einzige, die ihm überhaupt noch Beachtung schenkte, denn alle anderen waren ohnehin damit beschäftigt, sich einen Platz am Tisch zu erkämpfen, ohne kleinliche Rücksicht auf den Nachbarn. Als der Tumult geringfügig abflaute, schrie Bobby nach Essen. Es gab aber keine Reaktion, woraufhin »Schenkel« ihren Tischherrn verließ, sich hinter seinem Rücken in Richtung Küche hinausquetschte und kurz darauf mit einer riesigen Platte mit Austern wieder zum Vorschein kam. Da der Türrahmen für die Platte aber beträchtlich zu eng war, musste diese etwas abgekippt werden, und das Eiswasser ergoss sich im Schwall über den Nacken des Professors und hinter seinen Stehkragen. Er schüttelte sich wie ein nasser Pudel, dann lächelte er – sei es aus angeborenem Taktgefühl oder als Folge der genossenen Atombombendrinks.

Die Austern waren ein Geschenk des Restaurateurs, dazu kamen 24 Flaschen Champagner, die alle in der Mitte des Tisches platziert waren, damit die Gäste selber die Korken springen lassen konnten, welches unter lautem Gekreische der Damen gewissenhaft erledigt wurde. Die Kabarettdirektorin hatte vier gebratene Gänse und mehrere Riesendosen Strasbourger Gänseleberpastete spendiert, der Mäzen unterstützte die Feier mit reichlich Burgunder, Cognac und Likör. Bobbys lukullische Feiern bestanden immer aus Geschenken. Immerhin erinnerte er sich in letzter Minute an die wunderschönen Rosen, die der Professor »Schenkel« geschickt hatte, und er würdigte auch die Gedichte des Professors (in vornehmes Schlangenleder gebunden). Auch die Maler und Zeichner hatten wieder eigene Werke mitgebracht, als ob Bobby nicht bereits genug davon gehabt hätte. Das Geburtstagsgeschenk des Sattlerehepaares war ein Pudel, eine genaue Kopie ihres eigenen, den Bobby in einem herrlichen Gedicht verewigt hatte, und nun lag diese ganz und gar unerwünschte Gabe angeleint in der Küche und heulte jedes Mal erbärmlich, sobald ein Champagnerkorken in die Luft schoss.

Nach der Eistaufe des Professors wurde die Riesenplatte mit den Austern von einem ehemaligen weiblichen Model der Akademie herumgereicht, Eingeweihte nannten sie Venus. Man musste aber bereits sehr viel Fantasie aufbringen, um sie sich als Liebesgöttin vorzustellen, vielleicht als Liebesgöttin im fortgeschrittenen Alter ...

Unglücklicherweise fehlte es ihr an den elementarsten Voraussetzungen zum Servieren, und sie hielt die Platte unentwegt so, dass das Eiswasser über den Fußboden plätscherte. Die Damen rafften ihre Kleider, um sie nicht durch die Wellen schleppen zu lassen, und die rothaarige Malermuse hob den Rock so hoch, dass die beiden Maler laut johlten. Nachdem die Austern verzehrt waren und der Champagner hinuntergespült war, wurden die leeren Flaschen unter den Tisch geworfen, wo sie unbeachtet zwischen unseren Beinen hin und her rollten. Als sich die Teller unter den leeren Austernschalen bogen, stand das Problem des Tellerwechselns an. Venus schlug sich auf der einen Seite des Tisches mit den Tellern und Schalen herum, »Schenkel« auf der anderen. Ich warf einen Blick in Richtung des Professors, um mich über seinen Zustand zu vergewissern, und sah ihn gerade noch mit einem Stoß Teller in Richtung Küche verschwinden, von wo er bald darauf mit abgewaschenen Tellern zurückkehrte. Er war wirklich ein Weltmann, der die Dinge nahm, wie sie kamen, und dabei noch freundlich lächelte. So weit er reichen konnte, versuchte er, die Teller zu verteilen, unterstützt von vielen hilfreichen Händen der Damen, die sich dabei erhoben, wobei sie das Eismeer unter dem Tisch vergessen hatten und laut aufschrien, wenn die Kleider aufs Neue nass wurden. Der Baronin war es gelungen, sich vom Tisch wegzuschrauben, sie lehnte an der Wand und entfernte Eisstücke aus ihren Silbersandalen. Vom unteren Ende des Tisches schrie Bobby nach Essen, irritiert und nervös von der langwierigen Bedienung, der Arme hatte Hunger, denn Austern waren nicht sein Fall. Er hatte bisher ausschließlich flüssige Nahrung zu sich genommen. Venus, die in der Küche seine Klagen gehört hatte, erschien umgehend in der Tür mit einer Riesengans auf einer Platte. Da wir alle aber noch keinen sauberen Teller vor uns hatten, stürzte »Schenkel« zu ihr, um sie zu stoppen, woraufhin die Gans von der Platte rutschte. Im letzten Moment wurde sie vom Professor mit beiden Händen abgefangen. Beflissen legte er das Tier mit einem Gesichtsausdruck zurück, als befände er sich in einer Art unterhaltsamer Götterdämmerung. Dann servierte Venus in unserer Ecke, eine zweite Gans war inzwischen aufgetaucht. Doch da es immer noch nicht genügend Teller gab, wurde die Gans einfach zwischen den Austernschalen überwältigt.

Nun begann der Fotograf, die Burgunderflaschen zu entkorken, die man zum Temperieren an den Heizkörpern aufbewahrt hatte, worüber der Mäzen, der edelmütige Spender, heftig den Kopf schüttelte. Bobby fand die Gans nicht ganz gar und schrie aus vollem Halse

nach der Strasbourger Pastete, welche umgehend vom Professor aus der Küche geholt und freundlich lächelnd serviert wurde. Ein neuer Tumult brach aus, einer schrie nach der Gans, der andere nach der Pastete, die Burgundergläser wurden gefüllt und schnell wieder geleert, der Wein floss über das Tischtuch und mischte sich mit fließendem Kerzenwachs.

»Schenkel«, die auch nicht mehr ganz nüchtern war, kehrte aus der Küche zurück, wo sie sich beim Zerlegen der Gans in den Finger geschnitten hatte und nun ein Taschentuch um die verwundete Hand gewickelt trug. Sofort entledigte sich der Professor der Direktorin und küsste galant »Schenkels« verwundeten Zeigefinger. Die Stimmung um den Tisch näherte sich dem Chaos, alle Arten von Hemmungen waren langsam, aber sicher beseitigt, nur Venus und der Fotograf besaßen noch so etwas wie eine Verbindung zur Realität. Er war unentwegt mit Weinflaschen und Korkenziehern beschäftigt, sie kämpfte einen vergeblichen Kampf mit Platten, Schalen und Tieren, die entweder ihr Ziel nicht erreichten oder gleich vor den Augen verschwanden.

Der Zeichner erhob sich – so gut er konnte –, um Bobby zu huldigen. Um das Gleichgewicht nicht zu verlieren, musste er beide Hände mit großer Kraft auf eine der losen Tischplatten stemmen, mit dem Ergebnis, dass der Tisch sich erhob wie eine Klappbrücke. Dabei fiel zunächst das Glas der Gastronomengattin um, der Inhalt ergoss sich über ihr weißes Kleid, sodass sie einer frisch geschlachteten Isolde sehr ähnlich sah. Sie war nicht leicht zu beruhigen, nahm sich aber großartig zusammen, um die Festrede nicht zu stören. Dabei wäre es besser gewesen, sie hätte gestört, denn diese Rede enthielt zwischen den Zeilen erhebliche Unverschämtheiten gegen den Professor und die beiden Maler. Für Bobby dagegen fand man sehr passende, wenn auch nicht sehr geschmackvolle Wendungen.

Anschließend erhob sich der Professor, anscheinend total ernüchtert – er hatte allerdings auch nicht viel Zeit gehabt, etwas zu trinken, so wie er ständig zwischen Küche und Tisch hin und her eilte – und pries die Frauen in blühenden Wendungen, besonders aber »Schenkel«. Als endlich die Hochrufe abgeklungen waren und man mühselig wieder Platz nahm, blieb »Schenkel« stehen. Und während nun die eine Hälfte der Gäste bereits saß, die andere noch stand, hielt sie eine Rede auf Bob. Die Ansprache war kurz, schlicht und von Tränen geblendet. Sie enthielt eine lange Dankespassage an Bobby für seine Vergebung, der innere Zusammenhang blieb für uns leider verborgen, während die Eingeweihten unverhüllt den Fotografen anstarrten, der seinerseits total überrumpelt gerade noch Zeit gefunden hatte, auf einen Stuhl abzutauchen. Irgendjemand drückte Venus ein Glas in die Hand, und während »Schenkel« sich wieder setzte, ließ Bobby, der von der Rede erheblich irritiert war, Venus hochleben, schließlich wäre ohne ihre Hilfe dieses üppige Mahl überhaupt nicht zustande gekommen, behauptete er. Die edlen Spender sahen dabei bereits ziemlich irritiert aus, und »Schenkel« fühlte sich spürbar zurückgesetzt. Die anderen aber erhoben auch ihr Glas in Richtung Venus, die mangels Platz ganz an die Wand gedrückt wurde und immer wieder verlegen über die großen nassen Flecken ihrer Küchenschürze strich. Als das Mahl endlich so weit fortgeschritten war, dass die Nachspeise, eine Eisbombe mit Zuckerschleier, auf den Tisch kam, gab es einen ohrenbetäubenden Knall. Im ersten Augenblick dachten wir an eine Art Huldigungssalut für Bobby. Der Hund heulte natürlich auf bei dem Krach, und Venus, mit der Eisbombe in der Hand, erschrak so, dass sie die Platte fallen ließ. Die Hälfte des Desserts fand zielsicher ihren Weg in den Schoß der Freundin des Zeichners. Glücklicherweise hatte diese aber schon bei dem feuchten Austernessen ihr Kleid so weit aufgekrempelt, dass ein Paar hellrosa Schlüpfer sichtbar geworden waren, und die faszinierten Maler nutzten nun hocherfreut die Gelegenheit, diese von dem schmelzenden Vanilleeis zu befreien.

Bobby ging noch einen Schritt weiter und schlug vor, dass sie sich der nassen Schlüpfer entledigen sollte, eine Aufforderung, der sie auch sofort nachkam – erstaunlicherweise, getragen von Schüchternheit, diskret unter dem Tischtuch. Da gleichzeitig das Heulen des Hundes immer herzzerreißender wurde, äußerte jemand den Verdacht, dass ein Unglück geschehen sei. Der Professor warf einen Blick in die Küche. Dort lag der Pudel und rang mit den Wassermengen, die aus einem geplatzten Wasserrohr sprudelten. Es dauerte einige Zeit, bis es dem Professor, von einigen anderen Herren unterstützt, gelang, die Flut zu stoppen und den in einen Kampf auf Leben und Tod verstrickten Hund zu retten.

Ab sofort gab es natürlich überhaupt kein Wasser mehr, was die beiden Maler für total unwichtig hielten, weil sie sowieso nie Wasser benötigten – weder zum Trinken noch zum Baden.

Der Professor war nun nicht mehr nur auf der Vorderseite nass, sondern auch hinten von Kopf bis Fuß getränkt, ein Schicksal, das er mit dem Baron und dem Flieger teilte, während der Sattler so aussah, als ob er bei diesem Inferno nur knapp dem Tod durch Ertrinken entronnen wäre. Verängstigt wie er war, nutzte der total durchnässte Hund die Gelegenheit, unter den Tisch zu kriechen. Da zwischen den rollenden Flaschen kein

Platz mehr für ihn war, rettete er sich verzweifelt in die gute Stube, wo er aber leider den Hermelinumhang der Mäzengattin mit einem Hundekorb verwechselte. Ich verspürte eine gewisse Erleichterung bei dem Gedanken, dass der Aufbruch nicht mehr lange auf sich warten lassen würde. Zu dieser Zeit spuckten die Maler nämlich bereits äußerst scharfsinnige Bemerkungen durch ihre bartumkränzten Lippen zum Thema »junge Kunst contra alte« und verbreiteten sich weitschweifig über verknöcherte Professoren. Nach »Schenkels« Rede hatte man dem Professor mit einem lauten »Na dann Prosit, du alter Gauner« zugetrunken, während er gütig vor sich hin lächelte. Er lebte eben auf dieser gehobenen Bildungsstufe, auf der man jeden Eklat vermeidet, gleichgültig in welchen Kreisen man sich gerade befindet.

Schließlich erhoben wir uns vom Tisch, und – ich muss es gestehen – nach diesem Zeitpunkt ist mein Gedächtnis von erheblichen Löchern gekennzeichnet. Doch ich glaube, mich an Wörter zu erinnern, die man ohnehin nicht zu Papier bringen kann. Natürlich ertönten sie aus der Ecke, wo die beiden Maler Platz genommen hatten. Ich erinnere mich aber auch daran, dass die Kaffeetasse des Professors plötzlich neben der meinen stand, vielleicht als zarter Hinweis auf die Aufgabe, die Bobby mir früher am Abend zugedacht hatte. Ich erinnere mich aber auch daran, dass der Zeichner zu den Malern hinüberschwankte, dass die erste Backpfeife fiel und mit ihr ein Stuhl umkippte.

Dann macht mein Gedächtnis einen großen Sprung. Ich sehe nur noch das weiße Haupt des Professors über meine Hand gebeugt in der Auffahrt vor meinem Hotel.

Am nächsten Tag musste ich München verlassen, bedauerlicherweise recht früh, stark verkatert, und trotz strahlender Oktobersonne kreisten meine Gedanken unaufhörlich um Eis, um ganze Eiswüsten bis hin zu ungeheuren schneebedeckten Weiten. Erst einige Jahre später, etwa um die Zeit der Geburtsstunde des Nationalsozialismus, als Bobby und »Schenkel« bereits in Berlin wohnten, erfuhr ich, wie die Feierlichkeiten geendet hatten. Die beiden hatten am nächsten Tag kein einziges heiles Glas und keinen Spiegel mehr, kein Stuhl hatte mehr als zwei Beine, als einziges unbeschädigtes Objekt blieb das Krokodil unter der Decke erhalten.

»Gott sei Dank«, sagte »Schenkel«, »haben wir so noch eine Erinnerung an das Münchner Künstler- und Bohemeleben.« Und dann fügte sie wehmütig hinzu: »Ach ja, damals verstand man, die Feste zu feiern, damals war das Leben lebenswert.«

»Habt ihr jemals den Professor wiedergesehen?«, fragte ich.

»Nie«, sagte Bobby. »Eigentlich merkwürdig. Es war doch so nett an dem Abend. Und dass er niemals meinen beiden Freunden unter die Arme gegriffen hat, wundert mich auch – noch nicht, aber vielleicht kommt es noch …«

WEIHNACHTEN IN MASSA

Die »Internationale Filmgesellschaft« in Berlin, bei der ich vor dem Ersten Weltkrieg engagiert war, plante ein romantisches Lustspiel mit mir. Als Kulisse waren die großen Marmorbrüche im norditalienischen Carrara mit den wilden Naturschönheiten ringsum ausgewählt worden. Um der mörderischen Sommerhitze Italiens zu entgehen, hatte man die Aufnahmen in den Dezember gelegt. So kam es, dass wir, nachdem die Innenaufnahmen in den Berliner Studios beendet worden waren, das Weihnachtsfest im Süden verbrachten.

Im Jahr zuvor hatte ich Weihnachten in Barcelona zugebracht. Dort wollte nicht nur keinerlei Weihnachtsstimmung aufkommen, ich war auch von einer niederdrückenden Sehnsucht nach meiner kleinen Tochter heimgesucht worden, die ich zuvor nach Dänemark geschickt hatte. Deshalb beschloss ich diesmal, das Kind nach Italien mitzunehmen. Als sich die Abreise näherte, geriet mein gesamter Hausstand in helle Aufregung. Meine treue Köchin Emma verwandelte unsere Küche in eine regelrechte Süßwarenfabrik. Sie zauberte aus Marzipan alle möglichen Formen und Figuren und war vor lauter Schokoladenüberzug und wundersamen Fruchtmassen kaum noch zu erkennen. Obwohl man zu jener Zeit in den Berliner Geschäften die schmackhaftesten Dinge kaufen konnte, beharrte sie mit größter Bestimmtheit darauf, dass alles, was zu Weihnachten am Christbaum hing und auf den Tisch kam, hausgemacht sein müsse, wenn ich und Jesta (meine kleine Tochter) schon unbedingt den Heiligabend in einem anderen »Weltteil« verbringen wollten. Während Emma zu Hause wütete, verbrachte ich die letzten Tage vor der Abreise in Kaufhäusern, zwecks Anschaffung all der kleinen und großen Weihnachtsüberraschungen für Jesta und die Schauspieler.

Es war eine wahrhaft internationale Gesellschaft, die Mitte Dezember gen Süden zog. Die Wahl für die südländischen Rollen war auf zwei deutsche Schauspielerinnen gefallen – eine junge, schwarzhaarige und dunkeläugige Schönheit und eine grauhaarige Matrone mit immer etwas angespannten Gesichtszügen – ferner auf einen österreichischen, einen holländischen und einen ungarischen Schauspieler. Ein Italiener war als Dolmetscher, Schauspieler und Regieassistent engagiert worden, hinter den Kameras standen ein Däne und ein Franzose, und der Regisseur war Däne. Dass in Italien noch ein englisches Ehepaar hinzukam, sei auch vermerkt.

Berlin lag verschneit wie auf einer Weihnachtspostkarte, als wir in Pelze gehüllt und mit Koffern und Paketen beladen den Zug bestiegen. Ein Koffer voll mit Emmas Weihnachtsbaumschmuck und Marzipanleckereien sowie meinen Geschenken war so groß, dass er gemeinsam mit den Kostümen und Requisiten für den Film aufgegeben werden musste. Die ältere Schauspielerin hatte nicht weniger als drei Hutschachteln bei sich, die sie dauernd aus dem Blick verlor und die nirgends einen festen Platz finden wollten. Aber irgendwie sind sie doch mitgekommen, und der Zug rollte schließlich trotz allem in Richtung Süden mit uns.

Der einzige Wermutstropfen auf dieser Reise war meine niederdrückende Angst vor Tunnels, die ich obendrein meiner Tochter vererbt hatte. Ich wollte deshalb vor ihr geheim halten, dass wir durch den Sankt-Gotthard-Tunnel fahren würden. Das war nicht so schwierig, da wir den Tunnel erst spätabends erreichen würden, wenn sie hoffentlich schon schliefe. Zu meiner eigenen Beruhigung hatte ich starke Schlaftabletten mitgenommen. Von diesen schluckte ich zwei, nachdem ich mich vergewissert hatte, dass Jesta sicher auf der oberen Pritsche des Etagenbetts schlief. Dann kroch ich in meine eigene Koje im unteren Teil des Betts, zog die Decke über den Kopf und spürte zum Glück bald, wie sich der erlö-

sende Schlaf näherte. Als ich gerade dabei war, um die letzte, rettende Ecke zu biegen, klopfte es laut an der Abteiltür. Benommen tastete ich nach dem Lichtschalter und fragte, wer da sei. Keine Antwort. Ich sprang aus dem Bett, und Jesta, die durch den Lärm und das Licht aufgeweckt worden war, saß steif auf ihrer Pritsche und sah erschreckt um sich. Ich öffnete die Tür, und hinein purzelte, mit allen Anzeichen des Entsetzens, die alte Schauspielerin und warf sich mir um den Hals.

»Ich wollte Ihnen bloß für alle Fälle gute Nacht sagen«, japste sie. »Vielleicht ist es das letzte Mal, denn in fünf Minuten fahren wir in den Tunnel ein.«

Dann legte sie ihre Hände um Jesta, die zu weinen begann, nahm rührend Abschied von dem Kind und verschwand aufgeregt durch die Tür, wobei ich ihr schnell noch einige Schlaftabletten zusteckte. Natürlich war mein kleines Mädchen jetzt ängstlich und aufgeschreckt. Ich nahm sie zu mir ins Bett, um sie zu beruhigen, und dort lagen wir dann bei voller Beleuchtung und redeten über Weihnachten und Geschenke, und ich brachte sie dazu, den Tunnel um uns ganz zu vergessen, indem ich plötzlich ausrief: »Wenn wir nun in Italien keinen Weihnachtsbaum für Emmas Leckereien und den Weihnachtsschmuck bekommen können?«

Daran hatte sie noch gar nicht gedacht, weshalb dieses Thema sie nun stark beschäftigte. Ihre Vorstellungskraft war in Gang gesetzt, und wir erörterten die unwahrscheinlichsten Auswege aus dieser Kalamität. Ehe wir uns versahen, hatten wir den Tunnel wohlbehalten hinter uns gelassen und schliefen nun ruhig und müde ein jeder auf seiner Etage des Bettes. Ein großes Hotel in Massa, ein Stück weit außerhalb von Carrara, erwartete uns. Der Übergang vom verschneiten Berlin zu Italiens Sonne, Rosen und übervollen Orangenbäumen ließ uns für einige Tage das bevorstehende Weihnachtsfest fast vergessen.

Nach den anstrengenden Aufnahmen in Carraras Marmorwelt kehrten wir am Abend des ersten Tages zurück nach Massa, wo wir im großen Speisesaal des Hotels an einem langen Mitteltisch gemeinsam das Abendessen einnahmen. Außer uns saßen in dem Saal nur noch zwei weitere Gäste, ein englisches Ehepaar namens Gordon. Mrs. Gordon machte einen niedergeschlagenen Eindruck. Ab und zu schielte sie während der Mahlzeit zu meiner kleinen Tochter hinüber, die fragte, ob sie die fremde Dame anlächeln dürfe, was ich bejahte. Die Dame lächelte dann wieder ihr kleines, betrübtes Lächeln, und als unser Kaffee serviert wurde, sah ich plötzlich, dass Jesta drüben am Tisch des Ehepaares stand. Ihr Englisch reichte gerade aus, dass dort drüben eine Art

Gespräch in Gang kam. Kurz darauf erhob sich Mr. Gordon und kam zu mir herüber. Nachdem er sich vorgestellt hatte, fragte er, ob Jesta sich zu ihnen setzen dürfe. Ich schlug daher vor, dass wir in Zukunft alle gemeinsam essen sollten, und dieses Angebot nahm er sichtlich erfreut an.

Wir Filmleute frühstückten sehr zeitig, um unser Tagespensum bewältigen zu können. Am nächsten Morgen kam Mr. Gordon allein in den Speisesaal herunter und bat um Erlaubnis, mit mir sprechen zu dürfen. Er erzählte mir dann, dass die beiden ihr einziges Kind – ein kleines Mädchen in Jestas Alter – zwei Jahre zuvor verloren hatten und nun zu Weihnachten immer ins Ausland reisten, weil Mrs. Gordon es zu dieser Zeit nicht zu Hause aushielt. Eben waren sie in Florenz gewesen und hatten beabsichtigt, den Weihnachtsabend auf ihrem Rückweg an irgendeinem Zufallsort zu verbringen. Jetzt wollten sie fragen, ob sie Weihnachten zusammen mit uns verbringen dürften. Wir vereinbarten, dass das Ehepaar zusammen mit Jesta uns tagsüber in seinem Auto zu den Aufnahmen folgen sollte. Für mich war es eine große Erleichterung, mein kleines Mädchen unter ihrer Aufsicht zu wissen, und für Mrs. Gordon war es ein so großes Glück, das Kind bei sich zu haben, dass wir versprechen mussten, auch das darauffolgende Weihnachtsfest

gemeinsam zu feiern – etwas, das dann durch das Weltgeschehen leider verhindert wurde.

Meine Befürchtungen hinsichtlich eines Weihnachtsbaumes erwiesen sich als nicht ganz unbegründet, denn es ließ sich einfach keiner auftreiben. Aber da das Geflügel, das uns jeden Abend aufgetischt wurde, mit einer Art von Tannennadeln gespickt war, glaubte ich, dass sich auch ein entsprechender Baum in der Nähe befinden müsse. Und siehe da, Jesta machte im Hotelgarten einen großen Baum ausfindig, der in gewissem Maß unseren Weihnachtsbäumen glich. Der Hotelbesitzer war großzügig genug, den Baum uns zu Ehren zu opfern, und dieser wurde in einen großen, grünen Bottich verpflanzt und in die Mitte eines an den Speisesaal grenzenden Zimmers gestellt, wo sich zudem ein Klavier befand. Da stand nun die fremdartige Tanne und wartete auf ihr weihnachtliches Festkleid. Mrs. Gordon und Jesta konnten uns zwei Tage vor Heiligabend nicht zu den Aufnahmen begleiten, da sie in Mrs. Gordons Zimmer saßen und kleine Fahnen verschiedener Farbe zusammenklebten. Einige italienische waren auch dabei, und ich hatte Girlanden mit kleinen dänischen Flaggen mitgebracht.

Heiligabend fiel auf einen Freitag. Nun sollte der Baum geschmückt werden, und wir vereinbarten, dass jede Nation ihren eigenen Teil des Baumes bekäme. Emmas Baumschmuck und ihre Marzipanfiguren griffen auf alle acht Nationen aus, und der schöne Baum reichte fast bis an die Decke. Man wollte mich mit dem Vorschlag erfreuen, die dänische Flagge auf die Spitze zu setzen, aber das lehnte ich ab und holte stattdessen einen großen Weihnachtsstern hervor, unter dessen Silberglanz sich alle Nationen versammeln sollten. Der Franzose stieg flink auf eine große Trittleiter und machte den blinkenden Stern an der Spitze fest. Emmas Weihnachtsnaschereien riefen allgemeinen Jubel hervor. Es gab Marzipanherzen mit Namen darauf und Nachbildungen von allem und jedem aus dem Tier- und Pflanzenreich. Herzförmige Schachteln und Spitztüten wurden mit Emmas herrlichen Pralinen gefüllt und an den Baum gehängt, während das Hotelpersonal, das diese Bräuche nicht kannte, in kurzen Abständen die Köpfe durch die Tür steckte und neugierig die glanzvolle Entwicklung der Ereignisse verfolgte.

Meine Tochter und ich erhielten die Erlaubnis, im Hotelgarten so viele Orangen zu pflücken, wie unser Herz begehrte. Wir versahen uns beide mit je einem Korb. Ich blieb bei den größeren Bäumen in Hotelnähe, während Jesta einen ganzen Hain von niedrigstämmigen Orangenbäumen am Ende des Gartens ausfindig gemacht hatte, wo sie sich eifrig versorgte.

Plötzlich hörte ich laute Rufe und eine aufgebrachte Männerstimme und sah Jesta auf mich zustürzen, gefolgt von einem schreienden Italiener mit einem zum Schlag erhobenen, dicken Stock. Ein Sturzbach von Worten ergoss sich über uns, die schöne italienische Sprache klang in seinem Mund wie ein Strom von Flüchen – und vielleicht war sie das auch. Ich legte allen Ausdruck, dessen ich fähig war, in meine Gestik, um ihm verständlich zu machen, dass er uns in das Hotel folgen solle. Dessen Besitzer gelang es, den Mann zu übertönen und uns zu erklären, dass Jesta sich auf des empörten Italieners Grund gewagt hatte. Dieser schwang den Korb durch die Luft, gestikulierte wild und hieb mit seinem Stock auf den Schreibtisch des Hoteldirektors ein, weshalb dieser ihn so energisch bei den Schultern packen und schütteln musste, dass die Orangen über den Boden rollten. Wie sich herausstellte, war der Hotelgarten vom Terrain des Nachbarn nicht wie üblich durch eine Steinmauer abgetrennt, sondern durch eine andere Form von Grenzschutz, was wir freilich nicht hatten wissen können. Der Mann beruhigte sich ein wenig, als ich ihm so viele Lire zahlte, dass wir dafür in den Läden von Massa die zehnfache Menge Orangen hätten kaufen können. Nach diesem dramatischen Zwischenfall ordneten wir die teuer erstandenen Orangen zwischen Kerzen und Tannenzweigen auf unserem Weihnachtstisch an. Mrs. Gordon äußerte den Wunsch, den hitzigen Mann zu erwürgen, als sie hörte, dass er Jesta mit einem dicken Stock hatte schlagen wollen.

Gegen vier Uhr nachmittags ging jeder seiner Wege, um sich bis zum Abend auszuruhen. Das Festmahl war für acht Uhr abends anberaumt. Gegen sechs Uhr nahm ich Jesta bei der Hand und ging mit ihr in den Dom, dessen Marmorboden unter der knienden Gemeinde fast verschwand. Oben beim Altar flackerten lebhaft Hunderte von Kerzen. Die Orgel spielte, und vier Priester in glanzvollem Ornat trugen die Madonna mit dem Jesuskind durch die Kirche. Ich konnte nicht erkennen, ob die Figur aus Wachs oder Holz war, aber sie war farbig. Marias blaues Kopftuch fiel in Falten über das rosige Christuskind, das auf ihren im Schoß ruhenden Händen lag. Eine hohe goldene Krone schimmerte auf seinem Kopf im Schein der vielen Kerzen. Wo die Priester entlangschritten, sahen die Knienden hoch zu der Maria mit dem Kinde und bekreuzigten sich. Alle waren von der Festlichkeit des Augenblicks ergriffen. Auch wir Fremden betrachteten bewegt dieses fremdartige und erhabene Schauspiel, halb betäubt vom Duft des Weihrauchs, der Wachskerzen und der vielen Blumen.

Unmittelbar vor uns kniete eine offenbar arme Frau

mit schwarzem Umhängetuch, an ihrer Seite ein kleiner Junge. Schließlich erhob sich die Frau langsam, und als sie uns ihr Gesicht zuwandte, sahen wir, dass es sehr bleich und tränenüberströmt war. Auch der kleine Junge sah bleich aus und hatte nasse, eingefallene Wangen. Sie verließen langsam die Kirche, und es war, als ob sie uns hinter sich herzögen. Als wir gleich vor der Kirche unseren italienischen Regieassistenten trafen, bat Jesta fast flehend darum, den kleinen, traurigen Jungen am Heiligabend zu uns mitnehmen zu dürfen. Doch das war nicht möglich, denn zu Hause bei der Frau warteten eine kleine Tochter und ein todkranker Mann, der vielleicht noch im Laufe des Abends sterben würde. Also mussten die Kinder zu Hause bleiben. Doch Jesta fand mithilfe des Regieassistenten die Adresse der Frau heraus. Sie wohnte nicht weit von unserem Hotel entfernt.

Es war spät geworden, und wir mussten uns beeilen, um rechtzeitig ins Hotel zu kommen und uns für das Festessen umzuziehen. Die kleine, pummelige Hand meiner Tochter ruhte weich in meiner, wir waren genauso intim miteinander verbunden wie das Jesuskind und die Madonna, und trotz des von Blumenduft erfüllten Gartens um uns herum war ich mehr in Weihnachtsstimmung als jemals zuvor in einer verschneiten Landschaft.

Dann saßen wir alle um die reich geschmückte Festtafel, Mrs. Gordon wie gewöhnlich neben Jesta. Ich hatte gehofft, dass der Weihnachtsbaum nebenan den Tannennadeln im Geflügel ein Ende bereitet habe, aber nein, der Truthahn war mit doppelt so vielen seltsamen Nadeln wie sonst gespickt. Alles schmeckte nach Fichte, aber da wir in Massa waren, mussten wir uns wohl dareinfinden.

Nach dem Kaffee wurden die Lichter am Weihnachtsbaum entzündet. Da stand er nun in all seiner Pracht und strahlte auf einem fremden Stück Erde in den Farben von acht verschiedenen europäischen Nationen. Wir standen alle still um ihn herum, während unsere Gedanken auf lautlosen Schwingen ihren jeweiligen Zielen entgegenschwebten. Mrs. Gordon lehnte sich an die Schulter ihres Mannes. Tränen glitzerten im Schein der Weihnachtslichter auf ihren Wangen. Ich wusste, dass ihre Gedanken bei einem kleinen Grab in England weilten. Wie fühlte ich mich reich beschenkt und dankbar dafür, dass ich meine kleine Tochter hatte. Doch auch meine Gedanken wanderten zu einem lieben, fast frischen Grab oben in Dänemark, in dem meine Mutter unter einer Schneedecke ruhte. Auf allen Gesichtern stand stille Andacht, nur Jesta hatte sich unbemerkt dem Gabentisch genähert. Ihre Kinderaugen musterten verstohlen die bunten, mit Goldbändern verschnürten Päckchen und versuchten herauszufinden, welches Geschenk wem galt.

Plötzlich durchbrach Mr. Gordon die Stille: Er hatte sich an das Klavier gesetzt und sang nun mit volltönender Stimme ein schönes englisches Kirchenlied, das außer ihm nur Mrs. Gordon kannte. Sie stand steif wie eine Säule und starrte in die kleinen Flammen der Weihnachtslichter. Dann sangen einige andere ihre heimischen Weihnachtslieder, und die meisten von uns konnten gemeinsam »Stille Nacht, heilige Nacht« singen.

Danach fassten wir einander bei den Händen und schritten im Kreis um den Baum herum. Wir Dänen stimmten »Hoch auf des Baumes grüner Spitze« an, was munter klang und vielen ein Lächeln entlockte. Hier schritten acht Nationen, freundschaftlich verbunden und einander an den Händen haltend, unter einem großen, leuchtenden Weihnachtsstern um einen Weihnachtsbaum herum. An diesem Abend wusste Gott sei Dank noch keiner von uns, dass uns beim nächsten Weihnachtsfest bereits ein schrecklicher Krieg trennen würde, der die Menschen dazu zwang, in jenen Feinde zu sehen, mit denen sie nur in Frieden leben wollten, und der Freunde dazu brachte, einander mit Waffen in den Händen entgegenzutreten. Dieser Weihnachtsabend war der letzte während vieler, vieler Jahre, wo es den acht hier versammelten Nationen erlaubt war, die Erde als ein gemeinsames Vaterland zu betrachten.

Meine Tochter wurde beauftragt, die Weihnachtsgeschenke zu verteilen. Die meisten waren für sie selbst bestimmt, aber mir schien, dass sie sich nicht so sehr wie sonst darüber freute.

»Freust du dich nicht über die schönen Geschenke?«, fragte ich.

»Nicht ganz«, sagte sie ... »darf ich einige dem kleinen Jungen und seiner Schwester geben, die zu Hause bei ihrem kranken Vater sitzen?«

Die Erlaubnis wurde gewährt und rasch ein Korb mit Weihnachtsgeschenken befüllt. Auch einige von Emmas Süßigkeiten, die am Weihnachtsbaum keinen Platz mehr gefunden hatten, kamen hinein. Unser Italiener brachte den Korb persönlich zu den Kindern. Jestas Gesicht strahlte nun wie ein ganzer Sternenhimmel, und sie presste eine große Puppe – ein Geschenk der Gordons – an die Brust. Der Weihnachtsbaum sollte erst am kommenden Tag geplündert werden, doch hatte ich zwei große Lübecker Marzipantorten mitgebracht, von denen die eine dem Personal geschickt wurde, während die andere mitten auf unserer Festtafel stand, zwischen den »gestohlenen« Orangen und den herrlichen Trauben und großen Nüssen des Südens.

Der erste Weihnachtstag war der letzte freie Tag für uns Schauspieler. Die Gordons wollten am zweiten

Weihnachtsfeiertag abreisen, und so wurde der Abend ein Abschiedsfest für uns alle, versüßt von den Leckereien der guten Emma. Aber wie kann ich meine Gefühle beschreiben, als ich am ersten Weihnachtstag neue Kerzen auf den Weihnachtsbaum stecken wollte und er wie ein schwarzer Geist mitten in der Stube stand. Im Lauf der Nacht war er mit Ausnahme der Flaggen und Sterne an seiner Spitze vollständig geplündert worden. Nicht die kleinste Süßigkeit war für uns geblieben, selbst die Herzen und Spitztüten mit Emmas Leckereien waren wie weggeblasen. Der Hotelier hatte für unsere Fragen nur ein Schulterzucken übrig, warf aber einen langen Blick in Richtung der Küche, wo man am Vorabend meine große Marzipantorte entgegengenommen hatte. Jesta war vor Enttäuschung den Tränen nahe, wir Erwachsene nahmen die Sache ruhiger auf, aber das war nun kein schöner Abschluss unseres wunderbaren internationalen Weihnachtsfestes in Massa.

Natürlich erzählten wir Emma nichts von dem Zwischenfall, denn für sie wäre die Enttäuschung am größten gewesen, aber Jesta konnte wahrheitsgemäß berichten, dass zwei arme, bedürftige Kinder von ihren Bemühungen profitiert hatten.

HIDDENSEE-TAGEBUCH

Hiddensee, 18. Mai 1929

... Ich habe heute Antwort auf unsere Einladung bekommen. Ringelnatz und Frau kommen hierher auf drei Wochen. Wir freuen uns sehr und haben sofort angefangen, das Gastzimmer in Ordnung zu bringen und die Erde um das Haus von Steinen zu reinigen, es ist eine Riesenarbeit, aber alles soll recht freundlich sein, wenn sie kommen, wir wollen Gras sähen, und mir ist die Idee gekommen, einen Garten zu machen, wo nur Bäume wachsen sollen, die unsere Freunde einpflanzen. Ich werde deshalb Ringelnatz bitten, einen kleinen Baum mitzubringen, der soll der erste sein.

Hiddensee, Juni 1929

... Wir haben Glück gehabt. Unser Haus ist schon umgeben von einem hellgrünen Grasteppich; die Arbeit hat sich gelohnt. Himmelblaue Decken sind aus Stralsund für die Gastbetten gekommen. Im Keller ist Pilsner und Korn aufgelagert, unsere Gäste können kommen.

DIE LÖCHER SIND
DIE HAUPTSACHE AN
EINEM SIEB.
J. RINGELNATZ
KARUSEL

Hiddensee, 10. Juni 1929

... Sie kamen heute Mittag an. Schon vom Dampfer heraus rief Ringelnatz zu uns: »Ach, habt ihr eine Ahnung, was wir mit eurem Baum durchgemacht haben!«

Dabei sah er sterbend aus. In Gedanken sah ich im Lastraum einen mächtigen Baum und dachte, wenn der nur nicht zu viel Sonne vom Haus wegnimmt. Das Schiff legte an, Menschen flogen einander in die Arme, Koffer und Kisten wurden an Land gebracht, ich sah aber keinen Baum. Ich wollte nicht fragen – sie hatten dann natürlich einen kleinen Baum im Koffer.

Hiddensee, 11. Juni 1929

Es war ein Tag voll Überraschungen. Als wir heute Morgen zum Strand gingen, blieben unsere beiden Gäste zu Hause. Ich ahnte, dass etwas Großes geschehen sollte, denn sie erkundigten sich genau darüber, wie lange wir wegbleiben wollten, also die Bepflanzung sollte vor sich gehen.

Wer schilderte unseren Schrecken, als wir mittags zurückkehrten. Unser reizender Grasgarten war völlig vernichtet. Es war dem Ehepaar geglückt, alle (und noch mehrere) von uns mit großer Mühe weggebrachten

Steine wieder in den Garten zu schleppen, Steinhaufen thronten zwischen gähnenden Löchern, steinerne Wege liefen wie Schnittwunden über das junge Gras, unser geliebter Garten sah aus wie ein Stückchen Erdbeben, und mitten in der Verwüstung standen stolz lächelnd unsere sieghaften Gäste. Wie ich aussah, weiß ich nicht, meines armen Mannes Ausdruck war unheimlich. Nun, sagte Ringelnatz mit Würde, können die Bepflanzungen vor sich gehen. Sein holdes Weib übergab ihm eine Liste, griff eine Tasche mit diversen winzigen Paketen und warf sich auf die Knie neben den nächstgähnenden Krater. Sie entnahm den Paketen etwas mit zwei Fingerspitzen, streute es in die Tiefe und schaufelte mit beiden Händen Erde darüber, bis es einem Kindergrab ähnlich wurde. Ringelnatz las ergänzend aus der Liste: »Kümmel, für euren Korn.« Und so arbeitete Muschelkalk sich schweißtriefend durch die Ausgrabungen, während Ringelnatz las: »Zwiebeln, für eure Wurst, Datteln für den Nachtisch, Zitronen zum Nikolaschka und Paranüsse für eure eventuellen Kinder.« Und als auf diese Weise unser Garten sich in einen Kinderkirchhof umgewandelt hatte, sagte Ringelnatz in vollem Ernst: »Ja, wenn man es schön haben will, muss man sich eben ein bisschen Mühe geben.«

Hiddensee, 12. Juni 1929

Heute Morgen verließ Ringelnatz das Haus in Badehosen, knallrote Badeschuhe, ein gelbes Tuch um den Kopf und eine bunte Tasche auf dem Bauch für Bernsteine, die er zu suchen beabsichtigte. Muschelkalk war auch in voller Badeausrüstung. Während sie weg waren, arbeitete das ganze Haus daran, unseren Garten wieder menschlich zu machen, diesmal wurden die Steine aber an eine Stelle hingebracht, wo das Ehepaar sie nicht so leicht wiederfinden konnte.

Gegen Abend erschien Ringelnatz wieder, aber todmüde vom Bernsteinsuchen. Es ist wohl überflüssig zu bemerken, dass er nicht einen einzigen gefunden hatte. Dagegen erzählte er, er habe fantastische Steine im Sande gefunden, da sie aber zu groß waren und zu weit weg lagen, um sie selber zu schleppen, hatte er nur Stöcke dabei gepflanzt, damit Muschelkalk sie am nächsten Morgen finden und nach Hause schleppen konnte.

Hiddensee, 13. Juni 1929

Leider ist Muschelkalk ein gehorsames Weib, sie hat alle Steine geholt und im Gastzimmer aufgestapelt, wenn nicht die himmelblauen Betten sich zwischen den Stein-

BERNSTEIN AM STRAND VERLOREN –
BITTE RINGELNATZ ZURÜCKGEBEN!
J. RINGELNATZ

haufen hätten behaupten können, hätte ich das Zimmer nicht wiedererkannt.

Hiddensee, 16. Juni 1929

Ringelnatz sucht noch immer Bernstein, das Einzige, was er aber gefunden hat, ist eine Kneipe, wo man guten Korn bekommen kann, und ein Hotel, das besseren Kaffee macht als wir.

Hiddensee, 20. Juni 1929

... Wo Ringelnatz ist, ist man nie sicher. Entweder steht meine Seife auf vier hohen Beinen, oder die Brötchen auf dem Mittagstisch quietschen, oder die Pfirsiche kommen auf den Tisch mit Straußenköpfen aus Papier und einer Gänsefeder als Schwanz. Er taucht in den merkwürdigsten Sachen auf. Zum Beispiel spazierte er heute herum mit einer Baskenmütze kokett angebracht auf dem einen Ohr. Die Mütze hatte er gestern Abend, sagte er, zur Erinnerung an eine schöne, junge Dame auf dem Hotelball geschenkt bekommen. Übrigens trank er gestern Abend Brüderschaft mit vier Fischern an der Schenke, und auf dem Heimweg war er zu klug, um mit uns anderen den gewöhnlichen Weg nach Hause zu ge-

JEDER SPINNT AUF SEINE WEISE,
DER EINE LAUT, DER ANDERE LEISE.
J. RINGELNATZ

hen; er wusste einen viel besseren. Er kam zwei Stunden später als wir nach Hause, bis zur Taille durchnässt, nachdem er in einen Sumpf hineingeraten war.

Hiddensee, 24. Juni 1929

... Die Sache mit der Baskenmütze bekam ein Nachspiel. Die Dame hat sie zurückverlangt, weil eine Goldnadel sich darin befinden sollte. Da Ringelnatz aber inzwischen irgendwo die Mütze vertauscht hat, Baskenmützen sind doch einander wie Flöhe ähnlich, hat er ein schönes Gedicht an die Frau geschrieben und ihr das heute persönlich gebracht. Groß war aber seine Überraschung, als die Frau eine ganz andere war, als er sich zu erinnern glaubte, aber das Gedicht passte immerhin, und die Sache war gerettet.

Juli 1929

Heute reisten unsere Gäste nach dem Festland zurück. Muschelkalk und ich unterdrückten beim Abschied eine kleine Träne, Ringelnatz dagegen war so froh, von der Natur wieder fliehen zu können, dass er vor Freude sein neues großes Seidentaschentuch als Abschied ins Meer fliegen ließ ...

EIN RAUCH VERWEHT,
EIN WASSER VERRINNT,
EINE ZEIT VERGEHT,
EINE NEUE BEGINNT.
J. RINGELNATZ

NACHWORT

»Menschen sind Tiere,
die sich Geschichten erzählen.«

Wolfgang Kohlhaase

Hiddensee, September 2022

Ihr Haus auf der Insel duckt sich durch die Zeit. Es sieht einladend und solide aus, hat unendliche Stürme und viele heiße Sommer auf dem runden Buckel. In seinen Mauern wohnt ein fernes Lachen ... Asta hat Spuren hinterlassen. Brotkrumen, die Krümel sind der Weg, folgen wir ihnen, erzählen sie von ihr und wir erfahren vielleicht auch etwas über uns.

Kopenhagen, 1888

In den schwarzen Augen des dünnen Mädchens spiegelt sich der Mann auf dem Marmorsockel. Sein unsicheres Lächeln ist liebevoll und abweisend zugleich. Die rechte Hand vorsichtig zum Gruß erhoben, in der linken

Hand hält er ein Buch. Seine Kleidung verrät Wohlstand, auch wenn sie, wie der ganze Mann, aus grüner Bronze ist. Das Mädchen weiß, dass er immer hier sein darf, im Schlossgarten Rosenborg, nahe der königlichen Familie, sie nur an wenige Tagen im Jahr. Die Gestalten und Wesen in seinem Buch kennt Asta und sie fühlt sich mit ihnen verwandt. Mit der kleinen Meerjungfrau, die aus Liebe zu Schaum wird. Dem Mädchen mit den Schwefelhölzchen, das sich in ihrer Funkenglut in andere Welten träumt, bis es erfriert. Die kleine Gerda, die nicht aufhört, Abenteuer zu bestehen, und endlich ihren geliebten Kay aus der herzlosen Welt der Schneekönigin befreit. Und die junge Asta weiß, was das hässliche Entlein für Sehnsüchte auf seinem Entenhof empfindet. Weil auch in ihr ein schöner Schwan heranwächst. Sie wird in ihren Filmen den Ängsten, Gefahren, der Liebessehnsucht und den Hoffnungen der Wesen aus Andersens Märchen ein Gesicht geben. Ihr Gesicht und Millionen von Menschen werden sie verstehen, ohne dass ein Wort notwendig wäre.

Asta Nielsen war ein Pionier, Entdecker einer neuen Welt, der des Filmes. Viele sind ihr gefolgt, doch sie war eine der Ersten. So hat sie diese Welt geprägt, hat sich ihrem Glanz und Leuchten ausgesetzt, der Gefahr des

Ruhmes, seiner Vergänglichkeit. »Glück ist wie Sitzen auf einer Nadel, man hält es nicht lange aus«, schreibt Andersen.

Alles begann so einfach. Die scheinbar simple Mechanik. Das leise Rattern beim Betrachten der zitternden Bilder ... Der Film ist bis heute eine rätselhafte Dimension für das sich jedes Leben lohnt. Astas Tanz in ihrem ersten Film *Abgründe* zeigt ihren Körper als einen Schatten auf Celluloid, der durch Bewegung der Bilder und ihrer Aura uns entführt. Ein Bild von ihr, neben einem Bild von ihr, neben einem Bild von ihr geben einen Rhythmus, der von Charakter erzählt. Im Rhythmus erkennt man den Charakter und Charaktere schuf sie in einer scheinbar unendlichen Vielfalt. Asta Nielsen hatte einen großen Willen zur Gestaltung, zum Erzählen und das Glück und Geschenk der Begabung, aber auch die Kraft, alles zu vereinen.

»Sie ist alles! Sie ist die Vision des Trinkers und der Traum der Einsamen! Sie lacht wie ein Mädchen, das glücklich ist, und ihr Auge weiß von Dingen, die so zart und scheu sind, dass nie ein Wort über sie fällt. Sie hat die Zierlichkeit einer Japanerin aus Utamaros verrufensten Blättern und den Elan von Yvette Guilbert, wenn sie ein Nachtbild

aus Montrouge singt, wenn aus dem Auge Asta Nielsens der Hass spricht, ballen sich unsere Fäuste und wenn ihre Augenlider sich öffnen, strahlt es von Sonnenschein.«
Guillaume Apollinaire

Ein Teil ihres Geheimnisses ist die Sprache des Einfachen, wie die tanzenden Brötchen von Chaplin, wie die Scherenschnitte von Hans Christian Andersen. In ihren Geschichten setzt sie diese Liebe zum Detail, zur Genauigkeit und zur Lust zum Fabulieren fort. Diese, ihre ganz eigene Kraft spürt man in jedem Brief, in jeder Collage aus Stoffstückchen ihrer einstigen Bühnen- und Filmkostüme.

Moen, 1971

Die zarte, vornehm gekleidete, alte Dame mit dem schneeweißen Pony sitzt auf einer grünen Bank über den weißen Kreidefelsen einer windgeplagten Küste und schaut über die blaugrün changierenden Wellen der Ostsee. Asta weiß in der Ferne eine kleine Insel. Sehnsuchtsort Hiddensee. Zwischen ihr und der Insel ist nur wenig Wasser, ein paar Kilometer, aber doch ist da ein undurchdringbarer, unsichtbarer, eiserner Vorhang. Sie kennt den eisernen Vorhang im Theater. Da bietet er

Schutz für die Bühne. Hier ist das Wort nur eine Hülse, von Politikern geraubt und aus dem schönen Zusammenhang gerissen. Gerne flöge sie mit den Möwen zur kleinen Insel in ihr ›Karusel‹. Sie hört das Schreien der Vögel, das zum Lachen der Freunde im Garten ihres Hauses wird. Auf den Wellen tanzen Schaumkronen. Asta sieht eine kleine Wolke aus weißem Schaum in der Form eines Meerweibchens über dem Wasser tanzen. Dann verschwindet die Gischt …

Karl Huck

Zu den Autoren

ASTA NIELSEN (1881–1972), geboren in Kopenhagen, war erster großer weiblicher Filmstar in über 70 Filmen, Regisseurin, Produzentin, Autorin, Künstlerin und Herzenskönigin.

Sie war Ikone der Schauspielkunst und weiblicher Selbstbestimmung, war ebenso berühmt für ihren Lebens- und Liebeshunger wie gefürchtet für ihre Unerschrockenheit. Auf Konventionen gab sie nichts. Legendär die Feste, an denen sie teilnahm, die Zahl ihrer Beziehungen und Hochzeiten, fast schon berüchtigt ihre Lebensfreude.

Sie spielte Tänzerinnen, Arbeiterinnen, Bürgerliche, Prostituierte und produzierte ihre Filme irgendwann selbst. Einer davon war *Hamlet*, den spielte sie persönlich, als Frau – auch dies ein Skandal. Auf Hiddensee bezog sie ein inzwischen berühmtes Haus, das sie ›Karusel‹ nannte, und genoss die Sommer in vollen Zügen: Mit dabei Künstler und Bohemiens wie Joachim Ringelnatz, Heinrich George und Paul Wegener.

Als sie sich mit den Nazis anlegte und Deutschland verlassen musste, begann sie zu schreiben. Weitere Filmrollen lehnte sie ab. Sie veröffentlichte über 50 Geschichten in Tageszeitung und Magazinen in verschiedenen Ländern. 1946 veröffentlichte sie die Autobiografie *Die schweigende Muse,* 1968 den autobiografischen Film *Asta Nielsen*.

KARL HUCK ist Schau- und Puppenspieler. Er leitet zusammen mit seiner Frau Wiebke und bespielt die Seebühne und die Homunkulus-Figurensammlung auf Hiddensee, unweit von Asta Nielsens ›Karusel‹. Von ihm stammt die Eingebung zu diesem Buch.

Zu den Übersetzern

ALLAN O. HAGEDORFF (1917–2007) war Nachlassverwalter Asta Nielsens. Er übersetzte u. a. zahlreiche ihrer Erzählungen und ihre Autobiografie *Die schweigende Muse*.

STEFFEN JACOBS ist Autor und Übersetzer, er lebt in Dänemark. Für Kat Menschiks Lieblingsbücher übersetzte er bereits den Band Edgar Allen Poe. *Unheimliche Geschichten.*

RENATE SEYDEL ist Germanistin, Lektorin, Buchhändlerin und Autorin und gab u. a. zahlreiche Veröffentlichungen zu Asta Nielsen heraus, u. a. *Asta Nielsen. Eine Bildbiographie,* aus dem das Stück des Hiddensee-Tagebuchs in diesem Buch stammt.

Ein Tag im Paradies, Eine Rose ist eine Rose ist – nicht immer – eine Rose und *La Bohème* wurden übersetzt von Allan O. Hagedorff, sie wurden erstveröffentlicht in dem Band Asta Nielsen *Ein Tag im Paradies,* Ullstein 1992.

Weihnachten in Massa ist eine deutsche Erstübersetzung für diesen Band von Steffen Jacobs, Textgrundlage ist der Band *Asta Nielsen fortæller: erindringsnoveller og kronikker. Asta Nielsen* 1881–1972 (Forfatter); John Chr Jørgensen (Redaktør); Poul Malmkjær oth 2014.

Die Auszüge aus dem Hiddensee-Tagebuch wurden übersetzt von Renate Seydel.

Zur Herausgeberin und Illustratorin

KAT MENSCHIK ist freie Illustratorin in Berlin. Die von ihr ausgestattete Reihe *Lieblingsbücher* gilt als eine der schönsten Buchreihen der Welt und wurde mehrfach prämiert. Zuletzt erschienen dort *Kat Menschiks und des Diplom-Biologen Doctor Rerum Medicinalium Mark Beneckes Illustrirtes Thierleben* (2020), *Durch den wilden Kaukasus* (2021) und, gemeinsam mit Volker Kutscher, *Mitte* (2021), Dschingis Aitmatow *Djamila* (2022), *Tomaten* (2022) und *Kat Menschiks und des Psychiaters Doctor Medicinae Jakob Hein illustrirtes Kompendium der psychoaktiven Pflanzen.*

Zu diesem Buch

Blaue Himmels- und Wassertöne, sandiges Beige, Spritzer von Lippenstiftrot vor Wolkenweiß und Spiegelsilber – das sind die Farben der Ostsee und der Insel Hiddensee im Sommer. Sie sind mein Thema und die gestalterische Klammer für dieses Buch.

Der Großteil der Geschichten von Asta Nielsen, die wir für diesen Band ausgewählt haben, spielt gar nicht auf Hiddensee. Dennoch verbinden die Farben die Texte zu einem sommerlich blauen Band, welches sich frisch und fröhlich durch das Buch zieht, etwa von Kopenhagen und Berlin nach Mailand oder Paris. Selbst wenn wir von Frühling, Sommerhitze oder Weihnachten, Liebe oder Tod lesen, es liegt wie immer im Leben alles ganz nah beieinander.

Und so stelle ich mir vor, wie Sie dieses Buch herrlich an Stränden liegend lesen, oder aber auch ganz kuschelig, mit beiden Händen an der Teetasse, irgendwo an Ihren Lieblingswinterleseplätzen.

Dieser Band ist eines meiner Lieblingsbücher, denn Hiddensee ist auch mein Sehnsuchtsort, dort habe ich einige Bilder des Buches gemalt und gezeichnet, habe ich immer wieder Bernsteine gesucht und nicht gefunden, werde ich ruhig, weil mir alles vertraut ist, habe ich gute Freunde, habe ich im letzten Sommer geheiratet.

Ich verbinde die Insel mit den schönsten persönlichen Erinnerungen …

Viel Freude mit diesem Buch,
Kat Menschik

Ahoi!
Kat Menschik

FRANZ KAFKA
EIN LANDARZT
ILLUSTRIERT VON KAT MENSCHIK
Galiani Berlin

WILLIAM SHAKESPEARE
ILLUSTRIERT VON KAT MENSCHIK
ROMEO und Julia
Galiani Berlin

E.T.A. HOFFMANN
DIE BERGWERKE ZU FALUN
ILLUSTRIERT VON KAT MENSCHIK
Galiani Berlin

VOLKER KUTSCHER
Galiani Berlin
MOABIT
ILLUSTRIERT VON KAT MENSCHIK
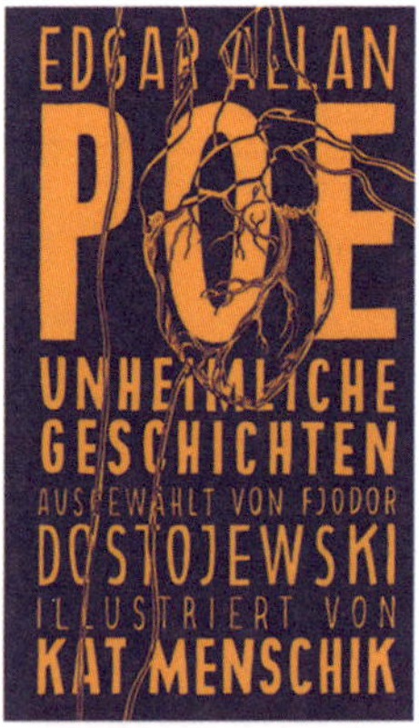
EDGAR ALLAN
POE
UNHEIMLICHE GESCHICHTEN
AUSGEWÄHLT VON FJODOR DOSTOJEWSKI
ILLUSTRIERT VON
KAT MENSCHIK

KAT MENSCHIK
ESSEN essen
(mehr ist mehr!)
Galiani Berlin

GALIANI BERLIN
ASBJØRNSEN / MOE
die PUPPE im GRASE
NORWEGISCHE MÄRCHEN
ILLUSTRIERT VON KAT MENSCHIK

ALEXANDER PUSCHKIN
PIQUE DAME
GALIANI BERLIN
ILLUSTRIERT VON KAT MENSCHIK

Kat Menschiks & des
Diplombiologen
Doctor Rerum Medicinalium
Mark Beneckes
illustrirtes Thierleben
Galiani Berlin

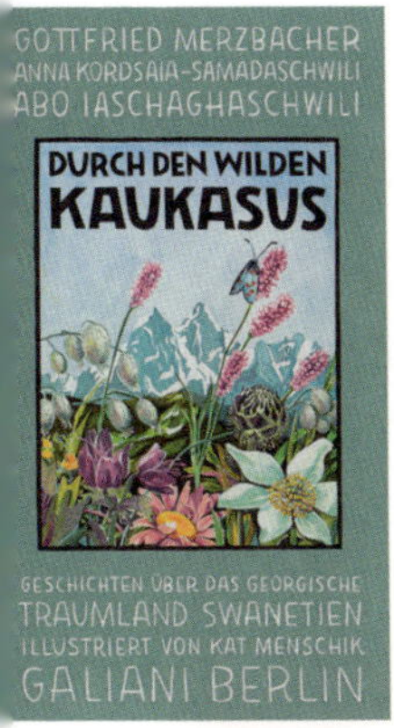

BISHER IN DER REIHE DER LIEBLINGSBÜCHER ERSCHIENEN

Der Verlag Galiani Berlin hat sich zu einer nachhaltigen Buchproduktion verpflichtet. Gemeinsam mit unseren Partnern und Lieferanten setzen wir uns für eine klimaneutrale Buchproduktion ein, die den Erwerb von Klimazertifikaten zur Kompensation des CO_2-Ausstoßes einschließt. Weitere Informationen finden Sie unter www.klimaneutralerverlag.de

FSC
www.fsc.org
MIX
Papier | Fördert gute Waldnutzung
FSC® C011124

1. Auflage 2023

Verlag Galiani Berlin

Illustrationen und Umschlaggestaltung Kat Menschik
Lektorat Wolfgang Hörner
Gesetzt aus der Nobel
Satz Buch-Werkstatt GmbH, Bad Aibling
Druck und Bindung Mohn Media Mohndruck GmbH, Gütersloh

ISBN 978-3-86971-280-2